Sanni Aran

Bretonische Zerwürfnisse

Buch

Ein bekannter Koch wird tot aufgefunden. Commissaire Julie Roche und ihr Team werden zum Tatort gerufen und merken schnell: Hier hat jemand nachgeholfen. Die Ermittler stochern im beruflichen und privaten Umfeld des Toten und finden heraus, dass er viele Feinde hatte. Liegt der Grund für seine Ermordung in der Vergangenheit? Wird Julie den Täter aufhalten, bevor er weitere Morde verübt?
Neben den kraftzehrenden Ermittlungen läuft es auch privat nicht rund für Julie, denn plötzlich steht ihr Exmann vor der Tür und träumt von einem Neuanfang. Wird Julie ihm noch eine Chance geben?

Autorin

Die Autorin, die sich hinter dem Pseudonym Sanni Aran verbirgt, ist Reisejournalistin und hat unter ihrem bürgerlichen Namen bereits zahlreiche Bücher verfasst. Mit *commissaire* Julie Roche schickt sie eine außergewöhnliche Frau in der Bretagne auf Ermittlungstour.

Sanni Aran

Bretonische Zerwürfnisse

Commissaire Julie Roches vierter Fall

Ein Bretagne-Krimi

ambiente-krimis

ambiente-krimis,
Michael Heinhold
Am Feilnbacher Bahnhof 10
83043 Bad Aibling
Erste Auflage 2021
ISBN 978-3-945503-30-0

Gesamtherstellung: CPI Claussen & Bosse, Leck
Umschlagfoto: Michael Heinhold

ISBN der E-Book-Ausgabe: 978-3-945503-31-7

Wenn man bei den Sorgen der Männer tief genug gräbt,
kommt immer eine Frau zum Vorschein.

Bretonisches Sprichwort

Dieser Roman ist reine Fiktion. Den erdachten Ort, in dem die Geschichte spielt, das *Château Chevalier*, gibt es nicht. Die Personen, die mitspielen, sind frei erfunden und orientieren sich in keiner Weise an lebenden Vorbildern. Ähnlichkeiten mit lebenden Personen sind rein zufällig.

Samstag

Ihr schwarzes, langes Haar fiel sorgsam gekämmt über ihren geraden Rücken. Ihr klangen immer noch die Worte ihrer Mutter in den Ohren. ‚Halte dich gerade! Strahle Erhabenheit aus!' Und so drückte sie ihren Rücken noch weiter durch und saß kerzengerade mit erhobenem Kopf da und ihre Mundwinkel verzogen sich leicht zu einem Lächeln, nicht zu stark, um zu verhindern, dass die kleinen Fältchen, die sie in den letzten Jahren heimgesucht hatten, sich um ihren Mund ausbreiteten.

Sie wusste, dass sie schön war. Viele Männer hatten es ihr bereits gesagt. Sie hatte die Bewunderung und Hingabe in ihren Augen gesehen und es genossen. Ihr seidiges, volles Haar, die gerade Nase, der schlanke, schmale Hals und die hohen Wangenknochen. Und bis auf die kleinen Falten, die sich nun langsam in ihrem Gesicht bemerkbar machten, hatte das Alter noch wenig Spuren bei ihr hinterlassen. Bald fünfundvierzig. Das war aber nur eine Zahl. Eine Ziffernfolge, die sie zu ignorieren versuchte. Wenn man ihr Alter auf Ende dreißig schätzte, was oftmals vorkam, vermied sie es tunlichst, den Fehler zu verbessern.

Der Dirigent betrat die Bühne und der Applaus hob an. Das Theater war gut besetzt, nur in den hintersten Rängen waren noch einige wenige Plätze frei. Er verbeugte sich erst vor dem Publikum und dann vor seinem Orchester, bevor die Lichter gedimmt wurden. Sie umschlang den Hals des Cellos mit der linken Hand und griff den Bogen. Dann schloss sie ihre Augen. Sie brauchte nicht dem Tanz des Taktstockes folgen. Sie spürte die Musik in sich.

***

Samuel gähnte und deutete auf einen freien Tisch am Fenster. Es hatte lange gedauert, bis seine Vorgesetzte, *commissaire* Julie Roche, ihn überredet hatte, sie auf dieses Konzert zu begleiten. Klassik? Er stand eher auf Rockmusik aus den 70er Jahren. Aber sie hatte nicht aufgehört, ihn zu bitten und schließlich hatte er zugesagt. Er hatte nie verstanden, warum Julie die Karten nicht einfach hatte verfallen lassen. Sie hatte diese im letzten Winter als Weihnachtsgeschenk für ihre Freundin und Kollegin Lisa gekauft. Die war auf tragische Weise während eines Polizeieinsatzes gestorben. Seitdem war fast ein Jahr vergangen und Samuel beobachtete mit Sorge, wie sehr Julie unter dem Verlust litt. Sie hatte sich in die Arbeit gestürzt und ihn, Samuel, mit sich gerissen. Zu tun gab es genug. Seit Lisas Tod waren sie unterbesetzt. Für ihre Stelle hatte man noch keinen Nachfolger gefunden. Das traf das kleine Team besonders hart, da Lisa diejenige gewesen war, die alles zusammengehalten hatte. Sie hatte ihrer chaotischen Chefin und dem provenzalischen Lebemann Samuel den Arbeitstag durchgeplant, hatte Struktur in die Arbeit gebracht und gleichzeitig das Team zusammengehalten. Ohne Lisa fehlte der Fels in der Brandung.

Sie setzten sich an den kleinen Nischentisch am Fenster und studierten die Speisekarte.

„Mir reicht ein Bier!" Samuel legte das Menü beiseite und Julie nickte zustimmend.

„Und? Konnte ich dich zur Klassik bekehren?"

Samuel lachte. Eine schwarze Locke löste sich aus seinem Haar und fiel ihm in die Stirn.

„Ich denke nicht. Ich habe ehrlich gesagt mehr einen Blick für die hübschen Streicherinnen und die attraktive Pianistin gehabt als ein Ohr für die Musik!"

Julie lächelte. Das Orchester hatte eine hohe Frauenquote aufgewiesen und einige der Musikerinnen waren tatsächlich sehr gutaussehend gewesen in ihren langen schwarzen Abendkleidern.

„Du alter Schwerenöter", neckte sie Samuel.

Der Kellner brachte das Bier und die beiden prosteten sich zu. „Auf Lisa", flüstere Julie und spürte schon wieder einen Schwung Tränen, der sie zu überschwemmen drohte. Sie atmete tief durch und wollte einen Schluck trinken, als sie ein Glas laut zersplittern hörte. Darauf folgte ein wütendes Rufen. Alarmiert blickte sie auf.

„Ich habe alles für dich gemacht, für uns. Und du hast alles weggeschmissen. Also hör auf, mir Vorwürfe zu machen!"

Ein Mann um die Fünfzig war von seinem Platz aufgesprungen und hatte wohl dabei sein Rotweinglas umgestoßen, das auf den Steinboden gefallen war. Sein Gegenüber, eine dunkelhaarige, auffallend schöne Frau, war einige Schritte zurückgewichen und starrte ihn nun mit hasserfülltem Blick an. Immer mehr Kellner näherten sich der Szene und Samuel erkannte einen Journalisten des Lokalblattes, der sich mit seiner Kamera nach vorne drängte.

Die Frau warf einen nervösen Blick in die Runde, setzte aber sofort ein trauriges, betretenes Gesicht auf, als der Journalist ein Foto schoss. Das Blitzlicht erhellte kurz die ganze Szenerie und das Gemurmel erstarb. Alle Augen waren auf die beiden Streitenden gerichtet, die, wie auf einer Bühne, den Blicken und der Aufmerksamkeit aller ausgesetzt waren. Dann ertönte ein Rufen und ein Mann in Anzug mit Krawatte und zurückgegelten Haaren marschierte resolut auf die beiden zu. Er ergriff den Mann, der zuvor geschrien hatte, am Arm und herrschte ihn an:

„Solch ein Verhalten dulde ich nicht in meinem Restaurant. Du gehst jetzt und lässt dich hier so schnell nicht mehr blicken!"

Ein Ruck ging durch den Körper des Mannes. Er erschien aus seiner Starre zu erwachen, nickte nur kurz unterwürfig mit dem Kopf und eilte dann auf den Ausgang zu. Der Anzugträger, Samuel hielt ihn für den Restaurantmanager, eilte auf die dunkelhaarige Frau zu und nahm sie für einen kurzen Moment in den Arm.

„Alles okay, Édith, *ma chère*?"

Die Frau nickte, flüsterte dem Manager kurz etwas ins Ohr und verließ dann schnell, aber mit würdevollem Gang das Restaurant. Die Kellner beeilten sich die Scherben aufzukehren und die Rotweinflecken wegzuwischen. Die Gäste widmeten sich wieder ihrem Essen und ihren Gesprächen. Julie runzelte die Stirn.

„War die Frau nicht die Cellistin aus dem Orchester?"

Samuel nickte.

„Ja, da hast du recht. Sie ist mir aufgefallen, weil sie die ganze Zeit nicht als Teil der Gruppe wirkte. Vielmehr hatte ich den Eindruck, sie wäre der geheime Star des Orchesters und alle würden nur nach ihrer Pfeife und nicht nach der des Dirigenten tanzen!"

„Ging mir ähnlich!"

Julie trank einen Schluck Bier.

„Das war doch ein ereignisreicher Abend - ein Konzert und anschließend ein Ehedrama! Besser als das allabendliche Fernsehprogramm. Jetzt bestellen wir uns noch einen Calvados und dann fahren wir nach Hause, denn morgen möchte ich früh im Büro sein!"

Samuel nickte. Es war schon spät und beide hatten es sich angewöhnt, bereits mit den ersten Sonnenstrahlen an ihren Schreibtischen zu sitzen. Der Winter war in diesem Jahr milder als im letzten, trotzdem dachte er gelegentlich mit Sehnsucht an sein Zuhause, die Provence, zurück. Dort war es auch im Winter angenehm warm. Besonders sehnte er sich nach der Hitze im Sommer, die auch nachts nicht nachließ, nach den entspannten Vormittagen in Bars, und er vermisste die Gerüche, wenn die Sonne mittags hart auf den trockenen Boden brannte und eine Duftwolke aus Thymian, Rosmarin, wildem Fenchel und Lavendel in der Luft schwebte. Hier in der Bretagne waren die Temperaturen zwar immer gemäßigt, für ihn fühlte es sich aber stets kühl an. Der Atlantik war wild und gnadenlos, die Gezeiten bestimmten den Tagesablauf und die starken, salzigen Westwinde fegten regelmäßig über das Land.

„Los geht's!"

Julies Worte rissen ihn aus seinen Gedanken. Sie steckte ihren Geldbeutel ein und sagte:

„Du bist eingeladen. Aber nur, wenn du morgen früh Croissants mitbringst!"

Dienstagfrüh - drei Tage später

Es war kalt. Eiskalt. Sein Blick schweifte über den unruhigen Ozean. Oft hatte er die Fischer bewundert, die sich trotz des heftigen Wellengangs und der starken Winde Morgen für Morgen hinauswagten. Von seinem Fenster aus hatte er die kleinen Lichtpunkte in der Dunkelheit gesehen, die sich langsam über das Wasser bewegten. Und in solchen Momenten, ganz allein in seinem Raum, hatte er sich vorgestellt, wie es wäre, ein Fischer zu sein. Den ganzen Stress und Druck von sich zu schütteln und in den Tag hinein zu leben. Morgens mit müden Augen und einer Thermoskanne voll starkem Kaffee in das Boot zu steigen und loszufahren, immer den Launen der Natur ausgeliefert. Oft hatte er beobachtet, wie die Fischer dann morgens wieder in die Häfen einfuhren, die Netze voller frischem Fang, den sie dann entweder direkt vom Boot aus verkauften oder an die vielen Restaurants auslieferten. Gegen Mittag saßen sie dann müde, aber zufrieden in den Hafenbars, vor sich das erste Glas Wein oder einen Kaffee und schienen glücklich. Zumindest kam es ihm immer so vor.

Er wusste, dass er das Fischerleben idealisierte. Es war harte Arbeit. Wenn ihnen das Wetter einen Strich durch die Rechnung machte, wenn Sturm ein Auslaufen der Boote verhinderte, mussten sie finanzielle Einbußen verkraften. Die Konkurrenz war groß. Nein, es war kein leichtes Leben, aber er war sich sicher, dass es besser war als das seine. Alles war besser als das Leben, das er führte. Der Wind blies nun stärker und zerzauste sein dunkles, lockiges Haar. Er kramte eine Packung Zigaretten hervor und steckte sich eine in den Mund. Dann zückte er das Feuerzeug und schütze die Flamme mit der anderen Hand vor dem Wind. Immer wieder erlosch sie, aber schließlich gelang es und er zog gierig an der Zigarette. Wie oft schon hatte er sich vorgenommen mit dem Rauchen aufzuhören. Aber es hatte nie funktioniert.

Jeden Morgen wachte er noch vor Sonnenaufgang auf, zog sich an und ging auf die Schlossmauer, die direkt auf die Klippen gebaut war und einen atemberaubenden Blick auf den weiten Atlantik bot. Dort oben, völlig allein mit sich und den Geräuschen des heraufziehenden Tages, rauchte er und blickte in die Ferne. Abends, wenn er sich ins Bett legte, freute er sich schon auf diesen Moment, der ihn nach dem Aufwachen erwartete. Es war ein Ritual, aber er brauchte es. Es gab ihm Halt und Kraft, um die Tage durchzustehen.

Er inhalierte tief, behielt den Rauch für einen Moment in der Lunge und blies ihn dann in die salzige Luft, die ihn sofort aufs Meer hinaustrug. Draußen auf dem Wasser blitzte ein Licht auf, verlosch aber sogleich wieder. Sicher ein Fischer, der sich ebenfalls gerade eine Zigarette entzündet hatte, dachte er lächelnd. Er stützte sich mit beiden Ellenbogen auf die Kante der Mauer und beugte seinen Körper etwas darüber, um besser sehen zu können. Tatsächlich meinte er draußen auf den Wellen einen dunklen Schatten sich auf und ab bewegen zu sehen. Er schnippte seine Zigarette über die Kante und folgte dem glühenden Punkt, wie er die Klippen hinabtanzte und schließlich in der Dunkelheit verschwand. Gerade als er sich aufrichten wollte, spürte er, dass sich ihm etwas schmerzhaft in den Rücken bohrte. Er versuchte sich umzudrehen, war aber vor Schreck wie gelähmt. Er holte Luft, um zu schreien, aber es entkam ihm nur ein leises Röcheln. Leise, zischende Worte flüsterten ihm zu, was er zu tun hatte, während sich der Lauf der Pistole noch fester in seinen Rücken drückte. Die Gewissheit, dass sein Ende hier und jetzt gekommen war, überkam ihn wie ein Schlag. Zitternd kletterte er auf die steinerne Brüstung. Seine starren Finger suchten Vorsprünge im Stein, an denen er sich festhalten könnte.

„Bitte nicht", stieß er heiser hervor. Ein leises Lachen, wie aus weiter Ferne, dann sah er plötzlich tausende leuchtende Punkte auf den Wellen tanzen. Der Brüstung unter seinen Füßen verschwand und er schwebte hinab.

Pierre zog die dunkelgrüne Wachsjacke fester um seinen Oberkörper und zog hastig an der Zigarette. Der Wind war heute unerträglich kalt und fast bereute er, dass er entgegen aller Warnungen aufs Meer hinausgefahren war. Schon gestern Abend hatten alle Sender im Radio und im Fernsehen einen heftigen Sturm angekündigt und seine Frau Yvonne hatte ihn bekniet, nicht zu fahren, aber was wusste die schon? Wenn er nicht genug fing, stimmte die Kasse nicht. Und die machte ihm derzeit zu schaffen. Seit seine Tochter Évelyne in Paris studierte, blieb am Ende des Monats nichts übrig. Er verstand nicht, was das sollte. Schon den Besuch des *lycée* hatte er für überflüssig gehalten. Reichte es nicht, Lesen, Schreiben und Rechnen zu können, um im Leben klarzukommen? Er hatte nie mehr gebraucht. Aber er hatte sich von seiner Alten bequatschen lassen. Wie immer war er eingeknickt. Aber ein Studium der Kunstwissenschaften in Paris? Er hatte gemeint, sich verhört zu haben, als Évelyne dieses Thema zur Sprache gebracht hatte. Warum wollte sie nicht wie die Söhne seines besten Freundes Luc in der Fischfabrik arbeiten? Warum musste es für sie und ihre Mutter immer nur das Beste vom Besten sein? Er verfluchte sich, dass er nicht sturer gewesen war. Dass er, wie immer, nachgegeben hatte.

Und jetzt bekam er daheim Ärger, weil er bei Wind und Wetter aufs Meer hinausfuhr. Weil er gezwungen war, dies zu tun, um die Wohnung in Paris und das ganze Geld für die sinnlosen wissenschaftlichen Fachwälzer zu verdienen. Yvonnes magerer Zuverdienst half wenig. Sie jobbte an drei Vormittagen in der Woche in einer Bäckerei, aber was sie dort verdiente, war ein Witz. Er war es, der mit seiner Fischerei den Laden am Laufen hielt. Deshalb war er in aller Frühe aufgestanden und hatte sich eine Thermoskanne mit starkem, schwarzem Kaffee, ein belegtes Baguette und seinen Flachmann, der mit billigem Calvados gefüllt war, eingepackt. Es war nicht leicht gewesen, das kleine Fischerboot aus dem engen Hafen zu navigieren, während ihm der Sturm die Haare zerzauste.

***

Pierre zog den Flachmann hervor und nahm einen Schluck. Mit einer müden Handbewegung schüttelte er die Flasche, sie war fast leer. Scheiße. Und er musste noch etwas durchhalten. Der Fang war bisher bescheiden und er hatte mit mehreren Restaurants der Umgebung Verträge, die er einhalten musste. Seine Augen fingen ein kurzes Leuchten, ein Aufblitzen ein. Er blickte angestrengt in die Richtung des Lichtschimmers und erkannte einen großen Schatten, der sich in den Nachthimmel auftürmte. Er wusste nun, wo er war. Das *Château Chevalier* ragte wie eine trotzige Festung vor ihm auf. So wenig einladend und rau der Steinberg von außen wirkte, so beliebt war er von innen. Cathérine Chevalier, eine Sterneköchin aus Paris, führte dort seit einigen Jahren ein hochgelobtes Restaurant. Das wusste Pierre so genau, da er gelegentlich Fisch dorthin lieferte. Nicht immer, denn das Haus hatte seinen festen Lieferanten, aber wenn der mal ausfiel, sprang Pierre ein. Die Chefin hatte er dabei zwar nur selten gesehen, aber der *poissonnier*, Christophe, war ein netter Kerl. Er hatte ihm stets einen Kaffee angeboten und ihn für seinen hochwertigen Fang gelobt. Dann war er an dem kleinen Personaltisch im hintersten Eck der großen Küche gesessen und hatte den Angestellten beim Arbeiten zugesehen und dabei den heißen Kaffee geschlürft. Die Küche des Restaurants war mit Sicherheit doppelt so groß wie Pierres Wohnung. Die Arbeitsbereiche waren sorgfältig aufgeteilt, jeder wusste genau, was seine Aufgaben waren, jeder Handgriff saß. Bei seinen seltenen Besuchen im *Château* hatte Pierre an den tiefen Spülbecken und den riesigen Spülmaschinen auch Bekannte aus dem Ort entdeckt. Er wusste, dass einige Hausfrauen hier das Familienbudget aufbesserten, indem sie im Restaurant spülten, Kartoffeln schälten oder nach Geschäftsschluss putzen. Charlotte Bonniéc, die Tochter eines guten Freundes, machte hier sogar eine Ausbildung. Pierre fragte sich, wie sie an diesen begehrten Platz gekommen war. Schließlich war es weit über die Grenzen des *Châteaus* hinaus bekannt, dass *madame* Chevalier sogar bei ihren Auszubildenden hohe Maßstäbe anlegte. Und diese erfüllte Charlotte sicherlich nicht. Sie war in ärmlichen Verhältnissen aufgewachsen, der Vater, Éric, war ein Fischer, die Mutter arbeitete im örtlichen Supermarkt. Charlotte hatte vorletztes Jahr die erste Sekundarstufe im *collège* mit guten Noten abgeschlossen, und war gewillt gewesen, das *lycée* zu besuchen. Plötzlich hatte sie sich aber umentschlossen und hatte eine Ausbildung im Supermarkt, in dem ihre Mutter arbeitete, begonnen. Pierre war sich sicher, dass Éric dies bestimmt hatte. Er hatte nicht denselben Fehler wie er selbst, Pierre, gemacht, der nun für die teure Ausbildung seiner Tochter blechen musste. Nach eineinhalb Jahren hatte Charlotte dann aber die Ausbildung unerwartet abgebrochen und hatte im *Château* angefangen. Pierre kannte die ganze Geschichte, da er gelegentlich ein Bier mit Éric in der Bar trank. Und immer, wenn er in der Küche saß und den Angestellten des *Châteaus* beim Spülen, Gemüseschneiden oder Saucen anrühren zusah, beneidete er Éric um seine Durchsetzungskraft. Charlotte lag ihrem Vater nun nicht mehr auf der Tasche und lernte dennoch einen anständigen Beruf. So sollte es sein.

Das Boot schwankte gefährlich, als es von einer hohen Welle erfasst wurde. Erschrocken hielt sich Pierre an der Reling fest und spürte, wie sein Magen zu rebellieren begann. Obwohl er Zeit seines Lebens aufs Meer hinausfuhr, war er immer noch nicht resistent gegen Sturm und Wind. Kurz meinte er, sich übergeben zu müssen und streckte den Kopf nach vorne, als er plötzlich einen Schatten durch die Luft fliegen sah. Er richtete sich auf und kniff die Augen zusammen. Ja, er hatte sich nicht getäuscht. Von der Mauer der Festung des *Château Chevalier* flog etwas Großes mit schneller Geschwindigkeit auf das Wasser zu, prallte dann auf den schroffen Felsen auf und rutschte einige Meter abwärts, bis es ein Steinblock kurz über dem wild schäumenden Meer stoppte. Pierres Blick wanderte die Klippen hinauf zur Brüstung. Kurz, nur aus dem Augenwinkel, meinte er dort einen

Schatten auszumachen, der sich für einen schnellen Moment über die Mauer lehnte und dann verschwand.

Verwirrt verharrte Pierre. Seine Hand tastete wieder zum Flachmann. War er betrunken? Was war da soeben geschehen? Von welchem Schattenspiel war er hier Zeuge geworden? Pierre zog sein Handy hervor. Kein Netz. Er musste schnell zurück zum Hafen. Denn er war sich sicher: Der Schatten, der vor seinen Augen die Klippen hinabgestürzt war, war ein Mensch gewesen.

***

Sylvain O'Sullivan schob sich das rötlich-blonde Haar unter die dicke Mütze und atmete tief durch. Als um fünf in der Früh sein Telefon geklingelt hatte, war er gerade in der Tiefschlafphase gewesen. Er war so jäh und unerwartet aus seinem Traum gerissen worden, dass er sich zuerst hatte bewusst machen müssen, wo er sich überhaupt befand. Dann hatte er die ruhigen, gleichmäßigen Atemzüge von Anne gehört, hatte die salzige Brise gerochen, die der Wind durch das geöffnete Fenster ins Schlafzimmer blies und plötzlich hatte er gewusst, wo er war. Saint-Malo. Bretagne. Nachdem Anne ein genervtes Grunzen von sich gegeben hatte, hatte er schnell nach dem bimmelnden Handy gegriffen und nun stand er hier.

Die Sonne ging langsam auf und tauchte das bewegte Meer in rötliches Licht. Neben ihm standen *commissaire* Julie Roche und *capitaine* Samuel Lemarc. Beide blickten angestrengt über die Brüstung hinab auf die Klippen, wo zwei Polizisten mit Unterstützung der hiesigen Feuerwehr und einem Sanitäter eine Leiche bargen. Sie lag auf einem breiten Felsen, der von den Wellen heftig umspült wurde. Von hier oben konnte man nur die Beine und den Oberkörper sehen. Der Hals und der Kopf hingen ins Wasser. Sylvain blickte sich um. Sie standen auf einem gepflasterten Platz, der von einer dicken steinernen Brüstung begrenzt war. Direkt dahinter fielen die Klippen schroff ins Meer hinab. Hinter ihnen ragte das *Château Chevalier* auf. Über eine spektakuläre Zugbrücke hatten sie das Areal betreten und waren über den Burghof gelaufen. Der Wind hatte ihnen die Haare zerzaust und verzweifelt hatte Sylvain alle Jackentaschen nach einer Mütze durchsucht. Schließlich war es Julie gewesen, die ihm eine gereicht hatte. Eigentlich fühlte er sich wohl. Seine Entscheidung aufs französische Festland zum Arbeiten zu ziehen und nicht, so wie seine Eltern es von ihm erwartet hatten, nach London zu gehen, um Karriere bei Scotland Yard zu machen, hatte er bisher noch nicht bereut. Aufgewachsen war er auf der kleinen Kanalinsel Guernsey und es war ihm nicht schwergefallen, von dort wegzugehen. Jeder kannte jeden und als junger Mensch waren die Möglichkeiten, die man hatte, sehr überschaubar. Aber der Kontrast zwischen der kleinen, beschaulichen Insel und der riesigen britischen Hauptstadt erschien ihm dann doch zu groß. So hatte es ihn in die andere Richtung, in die Bretagne, verschlagen. Hier hatte er seine Ausbildung gemacht und führte nun als Streifenpolizist ein zufriedenes Leben. Seine Freundin Anne war ihm von der Kanalinsel gefolgt. Sie studierte noch Wirtschaft in Rennes, würde aber bald ihren Abschluss machen. Er spürte, dass es sie weitertrieb. In ihrer Branche war Veränderung entscheidend. Letzte Woche hatte sie nebenbei eine Praktikumsstelle in Dublin erwähnt, die ihr angeboten worden war. Das hatte ihm einen Stich versetzt. Er wollte nicht fort von hier und insgeheim wusste er, dass er sie würde ziehen lassen müssen. Er würde sie nicht begleiten. Die kleine Stadtwohnung in Saint-Malo würde er sich auch ohne ihren finanziellen Beitrag weiter leisten können und vielleicht konnte er sie ja mal in Dublin besuchen.

Ein Ruf riss ihn aus seinen Gedanken.

***

„Sie ziehen ihn jetzt raus!"

Julie trat einen Schritt zurück und blickte gedankenverloren auf das Meer hinaus. Ihr Tag hatte früh begonnen und würde lange dauern. Es war eiskalt. Sylvain, der junge Streifenpolizist, zitterte neben ihr und rieb unablässig die kalten Hände aneinander. Allein Samuel wirkte entspannt.

„Wer hat ihn entdeckt?", fragte Julie.

„Pierre…!" Samuel blätterte in seinem kleinen Notizbuch.

„Ich habe keinen Nachnamen notiert. Ein Fischer, der hier ständig in diesen Gewässern unterwegs ist. Behauptet, er hat gesehen, wie der Mann gefallen ist. Er wird gleich hier sein, damit wir ihn befragen können. Denkt Ihr, wir bekommen Kaffee? Das ist doch ein Restaurant!"

Julie zuckte mit den Schultern und wandte sich an den Kollegen von der Streife.

„Wissen wir schon etwas über den Tatort?"

O'Sullivan nickte und scrollte einen Text auf seinem Smartphone entlang, während er die Informationen, die er zusammengetragen hatte, mit den Kollegen teilte.

„Das *Château* stammt aus dem 14. Jahrhundert. Seit vielen Jahrzehnten ist es schon in Privatbesitz. Bis vor fünf Jahren gehörte es einer alten Dame, *madame* Villeneuf. Sie hat sich lange gesträubt, es zu verkaufen, obwohl ihre finanzielle Lage, glaubt man den Gerüchten, desaströs war. Schließlich ist sie dann aber doch eingeknickt, warum wissen wir nicht, und hat den Kasten an Cathérine Chevalier verkauft, die das Anwesen dann zu dem gemacht hat, was es jetzt ist, ein schickes Sternelokal."

„Warum sie wohl genau dieses Schloss ausgewählt hat?", wunderte sich Julie. „Es gibt so viele Burgen und Schlösser in der Bretagne, die leichter zu erreichen und nicht so…" sie suchte nach den richtigen Worten, „…so karg und schroff sind!"

Samuel nickte zustimmend.

„Du hast recht. Es wirkt alles nicht besonders einladend hier. Die grauen, hohen Mauern, die Brandung, die hart gegen die Klippen prallt. Aber vielleicht macht genau das den Reiz aus?"

Er blickte fragend in die Runde.

O'Sullivan meldete sich zu Wort.

„Nach meinen Recherchen läuft der Laden richtig gut. Vielleicht ist es gerade diese ursprüngliche Naturgewalt, die die Leute interessiert. Schicke Restaurants in schönen, gepflegten Gegenden gibt es doch *en masse*. Das hier ist etwas Besonderes. Außerdem ist die Küche mehrfach ausgezeichnet und wird in allen Gourmetreiseführern hoch gelobt. Ich schicke euch eine Zusammenfassung aller Informationen, die ich gesammelt habe als E-Mail!"

Julie schmunzelte. Sie kannte den jungen Polizisten noch nicht lange, aber sein Übereifer und seine Begeisterung beeindruckten sie. Sie hatte im Büro gehört, dass er sich gegen eine Laufbahn bei Scotland Yard entschieden hatte und stattdessen die Stelle in Saint-Malo angenommen hatte. Was ihn wohl zu diesem Schritt bewogen hatte? Ihr Handy piepste mehrmals und ein kleiner Briefumschlag leuchtete auf dem Display auf. O'Sullivan hatte ihr nicht nur eine Zusammenfassung aller bereits gesammelter Informationen geschickt, sondern auch einen Lageplan des Schlosses. Der Karte entnahm sie, dass sich neben mehreren Wehrtürmen, dem Hauptgebäude sowie verschiedenen Nebengebäuden auch ein Wald auf dem Gelände befand. Die dicken Festungsmauern umfassten die gesamte Innenanlage, die nur durch das große Tor zu erreichen war.

„Gute Arbeit!", lobte sie den jungen Mann und drehte sich um, als jemand ihren Namen rief. Ein Mann in der Mitte seines Lebens, vom Wetter gegerbt, in einer grünen Wachsjacke und Regenstiefeln lief auf sie zu. Sein langes Haar hing vom Regen triefnass herab. Er streckte eine Hand aus, die Julie ergriff und schüttelte.

„Ich bin Pierre. Ihr Kollege hat mich zu Ihnen geschickt!"

Pierre - der Fischer, der den Sturz über die Klippen beobachtet hatte. Eine Alkoholfahne wehte von ihm herüber, als er erneut das Wort ergriff.

„Vielleicht hätte ich heute nicht rausfahren sollen. Scheiß Wetter. Und es soll noch mieser werden."

Er zuckte mit den Schultern und atmete tief durch. Wieder streifte der Geruch nach Schnaps Julies Nase.

„Fahren Sie jeden Morgen in dieses Gebiet zum Fischen?", fragte sie und rieb die klammen, kalten Hände aneinander.

Der Mann nickte und hustete trocken.

„Jeden verdammten Tag des Jahres. Ich liefere an viele Restaurants. Habe einen ziemlich guten Ruf!"

Nach Lob heischend blickte er in die Runde. Samuel lächelte ihn an.

„Ist Ihnen heute irgendetwas besonderes aufgefallen?"

Aufgeregt nickte der Fischer mit dem Kopf.

„Ja, ja!", sagte er und räusperte sich mehrmals. Er schien erkältet. Kein Wunder bei dieser Eiseskälte.

„Ich fuhr da draußen mit meinem Boot. Die Fische bissen nicht. Das Meer ist heute zu aufgepeitscht, das treibt sie in tiefere Lagen. Als ich in Richtung der Burg blickte, sah ich plötzlich einen Schatten, der über die Mauer fiel und dann auf den Felsen aufschlug. Sofort dachte ich: Da ist jemand in den Tod gestürzt!"

Julie hatte sich, während der Fischer sprach, einige Notizen gemacht. Nun ergriff sie das Wort.

„Sie konnten nur Schatten erkennen. Woher wussten Sie dann, dass es ein Mensch war, der hier über die Mauer gefallen ist? Schließlich haben Sie das explizit gesagt, als Sie den Notruf abgaben!"

Pierre nickte aufgeregt.

„Es war eindeutig ein Mensch. Er fiel und der andere verschwand! Ich bin dann gleich losgefahren, weil hier draußen ja kein Netz ist und habe den Hafen angesteuert. Weil aber das Wetter so beschissen und auch noch mein Handy nass geworden war, bin ich bei Jacques in die Bar, der war gerade dabei aufzusperren, und habe die Polizei von dort angerufen! Dann..."

„Stopp!", unterbrach ihn Samuel und warf Julie einen Blick zu.

„Was meinen Sie damit, dass der andere verschwand?"

„Na der andere Schatten verschwand!"

Verständnislos blickten die Polizisten den nach Schnaps riechenden Mann an.

„Der eine Schatten fiel über die Mauer und schlug auf die Felsen auf. Danach schaute ich sofort nach oben zur Mauer. Ein weiterer Schatten beugte sich darüber und verschwand dann!"

„Sind Sie sich sicher, dass Sie eine weitere Person oben auf der Mauer gesehen haben?", bohrte Julie nach.

Der Fischer nickte.

„Sie können jetzt gehen! Aber bleiben Sie erreichbar. Wir werden sicher nochmals auf Sie zukommen!", beendete Julie das Gespräch und wendete sich wieder zum Meer hin.

Als der Fischer gegangen war, sagte sie:

„Wenn das stimmt, dann haben wir es hier mit Mord zu tun!"

Samuel lenkte sofort ein.

„Erstens: Er war betrunken. Hast du seine Fahne gerochen? Und zweitens: Er hat niemanden wirklich gesehen und sprach nur von Schatten. Das ist zu unkonkret. Lasst uns mit der Chefin vom *Château* und allen Angestellten hier sprechen und abwarten, was die Gerichtsmedizin findet. Dann können wir unsere weitere Vorgehensweise planen!"

***

Cathérine Chevalier war eine hochgewachsene, schlanke Frau mit langen, blonden Haaren, die sie zu einer Hochfrisur aufgesteckt hatte. Auch wenn man ihr die Mitte ihres Lebens an den kleinen Fältchen rund um Augen und Mund ansah, wirkte sie noch jung und vital. Jetzt wanderten ihre blauen Augen beunruhigt zwischen den beiden Polizisten hin und her. Während Sylvain sich die Angestellten vorgenommen hatte, waren Julie und Samuel sofort zur Restaurantleiterin gegangen. Inzwischen wussten sie auch, mit wem sie es bei dem toten Mann zu tun hatten. Sein Name war Christophe Delamare und er war der *poissonnier* des Sternerestaurants. Der Pathologe, Dr. Moulin, hatte ihn sogleich erkannt und erzählt, dass er erst kürzlich ein Bild des Koches in einem Klatschmagazin seiner Frau gesehen habe. Dort war er als einer der besten Fischköche im nördlichen Frankreich gefeiert worden. Moulin meinte sich zu erinnern, dass er in dieser Disziplin auch schon Preise gewonnen habe, aber das alles würde Julie noch selbst herausfinden.

Es klopfte und eine weitere Dame in Küchenmontur betrat den Raum. Obwohl sie eine andere Statur und Haarfarbe als *madame* Chevalier hatte, ihre dunklen Locken waren zu einem praktischen Kurzhaarschnitt getrimmt, meinte Julie eine Ähnlichkeit zwischen den beiden Frauen zu erkennen. Und tatsächlich stellte sie sich als Audrey Delavalleé,

Schwester von Cathérine Chevalier und *sous-chef* und *saucière* in der Küche vor.

„Gut, dass wir Sie beide hier antreffen", begann Samuel und nickte Julie zu, die auf ihre altmodische Art und Weise ihr Notizbuch zückte.

„Heute früh gegen fünf Uhr stürzte Christophe Delamare über die Brüstung und starb beim Aufprall auf den Felsen. Wie wir inzwischen wissen, war er hier als Koch angestellt."

Madame Chevalier nickte bekümmert.

„Christophe war nicht nur ein einfacher Koch, er war unser *poissonier*. Viele Gäste kamen vor allem wegen seinen herausragenden Kreationen aus Meeresfrüchten. Er war großartig!"

Sie seufzte.

„Was können Sie uns über ihn sagen? Alles könnte wichtig sein. Ich bitte Sie also, sich jetzt gut zu konzentrieren!"
„Christophe arbeitete seit Eröffnung des Restaurants vor etwa fünf Jahren hier. Er war ein zuverlässiger und beliebter Mitarbeiter. Ich kann einfach nicht verstehen, warum er nicht mehr leben wollte?"

Julie stutzte. Anscheinend ging man hier auf der Chefetage davon aus, dass der Koch sich das Leben genommen hatte. Wenn man aber den Erzählungen des betrunkenen Fischers Glauben schenkte, dann war die ganze Sache anders abgelaufen.

„Mit wem war der Tote im Schloss befreundet? Hatte er Feinde? Eine Ehefrau?", versuchte Julie mehr über den Verstorbenen herauszufinden.

„Er war geschieden. Seine Exfrau machte ihm das Leben nicht gerade leicht. Sie zog ihm das Geld aus der Tasche und bereitete ihm wohl recht viel Ärger. Die beiden haben drei Kinder. Feinde hatte er keine. Er war allseits beliebt, aber eher ruhig, etwas in sich zurückgezogen. Von Freunden wüsste ich nichts. Ich glaube, er hatte mehr mit unserem *rôtisseur*, Jean Madelaine, zu tun. Ich habe sie nach Feierabend manchmal mit einem Bier an der Bar gesehen. Aber da haben sie meistens gestritten. Genaueres kann ich Ihnen leider nicht sagen. Wir haben hier so viele Angestellte, da kann ich nicht von allen die persönlichen Umstände kennen."

Julie notierte sich, dass man die Exfrau schnell befragen musste. Dann wandte sie sich an die Schwester.

„*Madame* Delavalleé, können Sie noch etwas ergänzen?"

Sie schüttelte den Kopf und schwieg, während sie hastig ihrer älteren Schwester einen Blick zuwarf. Irgendetwas, überlegte Julie, stimmte bei den beiden nicht. Ihr Verhältnis wirkte angespannt, verklemmt und sehr distanziert. Julie kannte sich zwar mit den Hierarchien in französischen Küchen nicht besonders gut aus, aber ihr war klar, dass *madame* Chevalier hier das Sagen hatte und als Restaurantleiterin die Vorgesetzte ihrer eigenen Schwester war. Sicherlich bereitete dies innerfamiliär gelegentlich Probleme, vermutete Julie und betrachtete die ungleichen Schwestern neugierig. Während die Jüngere, Cathérine, erhaben und beinahe schon etwas hochnäsig wirkte, zeigte sich die Ältere, Audrey, zurückhaltend und schüchtern.

„... Verhältnis zur Exfrau?", riss Samuels Stimme sie aus ihren Gedanken.

„Édith ist eine bekannte Cellistin. Die beiden sind schon länger geschieden. Mehr kann ich Ihnen zu ihr nicht sagen, aber wenn Sie möchten, kann ich in der Personalakte nach ihren Kontaktdaten schauen."

Die Restaurantleiterin setzte sich an einen Tisch und tippte auf ein schickes, silbernes Notebook ein. Dann diktierte sie, nachdem sie den gesuchten Kontakt gefunden hatte, eine Adresse in Rennes und ergänzte:

„Als Christophe bei uns anfing, waren die beiden noch zusammen. Édith wohnt noch im gemeinsamen Stadthaus in Rennes."

Die beiden Polizisten bedankten und verabschiedeten sich. Ihre Arbeit auf dem *Château* war für heute geschafft. Den Rest würden die Spurensicherung und Streifenbeamte erledigen, die bereits dabei waren, alle Angestellten des Restaurants zu befragen, die nach und nach eintrafen, um ihren Arbeitstag zu beginnen.

Auf Samuels Vorschlag, man könne doch im nahen Hafen ein kleines Frühstück einnehmen und den Fall besprechen, ging Julie begeistert ein. Sie war kein Morgenmensch und ein Tag, der so früh wie dieser begann, lag ihr gar nicht. Umso glücklicher war sie, als sie im benachbarten Dorf ein nettes Café fanden, wo es guten Kaffee und frische Croissants gab. Ein eisiger Wind peitschte durch die Straßen und die kleinen Fischerboote, die im Hafen lagen, wurden auf und ab geschaukelt.

„Was denkst du über die ungleichen Schwestern?", wollte Samuel wissen und Julie berichtete ihm von ihren Eindrücken.

„Ich hatte nicht das Gefühl, dass sie eine Einheit sind. Vielmehr scheint Cathérine Chevalier den Laden mit fester Hand zu führen und Audrey läuft so mit. Selten habe ich so ungleiche Schwestern gesehen!"

Samuel nickte. Diesen Eindruck konnte er nur bestätigen.

„Als nächstes müssen wir uns die Exfrau, diese Cellistin, vornehmen. Mal sehen, was das Internet so über sie ausspuckt!"

Er tippte den Namen in sein Handy ein und augenblicklich poppten unzählige Fotos auf, die ein und dieselbe Frau zeigten. Samuel pfiff überrascht durch die Zähne.

„Da sieh mal einer an! Die kennen wir doch! Ist das nicht unsere streitsüchtige Musikerin?"

Er hielt Julie das Display hin und sofort trat Erkennen in ihr Gesicht.

„Du hast Recht! Das ist die Frau, die wir erst kürzlich im Streit mit einem Mann im Konzertcafé gesehen haben!"

Die Kellnerin trat an den Tisch und servierte das Bestellte. Der Duft des starken Kaffees weckte Julies Lebensgeister.

„Und vielleicht war der Mann ihr Ex, unser Toter!"

***

Sie verzog ihr Gesicht und spürte ein paar Tränen aufsteigen, während sie den beiden Polizeibeamten durch die nackten Korridore im Kommissariat folgte. Tot? Christophe war tot? Sie konnte es nicht fassen. Hatte er sich so einfach aus dem Staub gemacht, sich klamm und heimlich eine Klippe hinabgestürzt und ihr die ganze finanzielle Verantwortung für die Kinder hinterlassen? War einfach abgehauen aus diesem Leben, ohne daran zu denken, dass er gebraucht wurde? Sie blickte sich in dem unordentlichen Büro um, in das sie die Kommissarin geführt hatte und suchte verzweifelt nach den richtigen Worten.

„Tot? Das kann doch nicht sein. Er stand doch mitten im Leben. Ich kann es nicht glauben. Wie soll ich das nur meinen Kindern sagen?"

Ein Schluchzer entkam ihr und sie schlug die Hände vor dem Gesicht zusammen. Unkontrolliert begannen die Tränen zu laufen. Schnell griff sie nach einem Taschentuch und wischte sich über das Gesicht.

„Wie viel Kontakt hatten Sie zu Ihrem Exmann?", fragte der Schönling mit den dunklen Haaren und dem südfranzösischen Dialekt. Dabei musterte er sie auf eine Art, die ihr gar nicht gefiel. Sie war es gewohnt, Bewunderung in den Blicken der Männer zu lesen, aber sein Ausdruck war kühl und distanziert. Er schien mitten in sie hineinzublicken und sie fragte sich unwillkürlich, was er in diesem Moment sah.

„Wir haben - hatten - drei Kinder gemeinsam. Da gibt es viel zu besprechen - immer. Daher standen wir in regelmäßigem Kontakt. Gemeinsames Sorgerecht ist nicht so einfach wie viele denken. Alles, jeder Schritt, jeder Arztbesuch, jede noch so kleine Reise, muss abgesprochen werden. Man hat also wenig Möglichkeiten, sich aus dem Weg zu gehen!"

„Wären Sie Ihrem Exmann denn gerne aus dem Weg gegangen?"

Sie schluckte, legte sich die Worte mühsam zurecht.

„Es war nicht immer leicht mit ihm. Es fiel ihm schwer, Verantwortung zu übernehmen. Alle Entscheidungen blieben an mir hängen. Wissen Sie, die Kinder leben bei mir. Ich musste mich immer einschränken, konnte nicht viel arbeiten und musste auch finanziell für die Kinder sorgen. Das ist selbstverständlich - ich bin Mutter. Aber manchmal hätte ich mir mehr Unterstützung gewünscht!"

Julie meinte eine Spur Verbitterung aus der brüchigen Stimme der Frau zu hören und verspürte mit einem Mal großes Mitleid mit ihr. Unwillkürlich musste sie an ihren eigenen Vater denken, der sie auch zurückgelassen hatte, allein und verzweifelt, allerdings auf eine ganz andere Art. Sie spürte wie ihr Gesicht zu brennen begann und ein vertrautes, verhasstes Gefühl sich in ihr ausbreitete. Die Panik kroch langsam die Finger und Zehen hoch, wanderte über Arme und Beine weiter und strahlte schließlich im ganzen Körper aus. Durchatmen! Sie erinnerte sich an die Atemübungen, die sie in der Gesprächstherapie gelernt hatte. Vier Sekunden einatmen, Luft anhalten, vier Sekunden ausatmen. Es half. Langsam verebbte das nervöse Kribbeln und ihre Haut schien nicht mehr zu glühen.

„Julie, alles okay?"

Samuels besorgte Stimme drang an ihr Ohr. Erschrocken bemerkte sie, dass ihre Augen geschlossen waren.

„Alles okay", murmelte sie. Das war ihr schon lange nicht mehr passiert. Sie hatte gemeint, die Panikattacken endlich unter Kontrolle zu haben. Aber ein falscher Gedanke und alle Erinnerungen überrollten sie wie eine gigantische Welle.

„Bitte bleiben Sie für uns erreichbar", hörte sie Samuel sagen. „Sie können jetzt nach Hause fahren."

***

„Was war denn mit dir los?", wollte Samuel wissen, als *madame* Delamare das Kommissariat verlassen hatte. Besorgt betrachtete er seine blasse Kollegin.

„Darüber möchte ich nicht reden. Danke, dass du übernommen hast. Du hast einen Kaffee gut!"

„Den löse ich später ein. Wir haben eine Verabredung mit Moulin in der Pathologie!"

Samuel hielt sein Handy hoch.

„Er hat geschrieben, dass wir gleich für einen ersten Zwischenbericht vorbeischauen sollen. Am besten machen wir uns auf den Weg."

Sie nutzten die halbstündige Fahrt nach Rennes in Julies Auto, um über das Gespräch mit Édith Delamare zu diskutieren.

„Sie schien mir sichtlich erschüttert", meinte Julie und kramte im Handschuhfach nach ihren Zigaretten. Samuel stieß sie sanft in die Seite.

„Pass lieber auf den Verkehr auf, *jolie* Julie!

Er griff hinters Ohr und zog seine ‚Psychozigarette' hervor. Seit Langem versuchte Samuel auf diesem Wege sich das Rauchen abzugewöhnen. Da er davon überzeugt war, dass harte Abstinenz und Vermeidungstaktiken die falsche Lösung waren, suchte er gezielt die Nähe von Rauchern und trug stets eine Zigarette mit sich, die hinter seinem linken Ohr steckte. So könne er, hatte er seinen Kollegen erklärt, jederzeit rauchen, wenn ihm der Sinn danach stünde. Keine Verbote - reine Willensstärke und immer eine Abfahrt von der Nichtraucherautobahn, wenn es ihn plötzlich überkam. Mit dieser Taktik war er bisher gut gefahren und hatte durchgehalten. Julie bewunderte ihn. Sie selbst hatte diesen Versuch schon so oft in ihrem Leben gestartet und war immer wieder kläglich gescheitert. Inzwischen hatte sie aufgegeben. Doch Samuels Psychozigarette lehnte sie dennoch mit einem Kopfschütteln und einem Lächeln ab.

„Nein danke, die brauchst du, um durchzuhalten. Ich kann warten, bis wir in Rennes sind!"

„Mir war ihr Blick unangenehm!", kam Samuel auf ihr eigentliches Gesprächsthema zurück und Julie benötigte einen Moment, um ihm zu folgen.

„Klar, sie war erschüttert, tränenreich, aber irgendwie auch wütend."

„Das ist doch nachvollziehbar", unterbrach ihn Julie.

„Sie muss sich um drei Kinder kümmern. Als talentierte Cellistin hätte sie sicher eine steile Karriere vor sich gehabt, die kann man als dreifache Mutter vergessen. Er konnte weiterarbeiten, seine Karriere vorantreiben. Ich habe vorhin etwas über ihn recherchiert. Er ist in der Szene bekannt und könnte jeden Job bekommen, den er möchte. Er hat eine erstklassige Ausbildung und Referenzen von bekannten Sterneköchen. Eine Zeit lang hatte er sogar eine eigene Fernsehshow gehabt."

Samuel blickte aus dem Fenster und beobachtete das Land, das an ihnen vorbeizog. Sie waren bereits über die Stadtgrenze gefahren. Noch zeigte Rennes nicht seine schöne Seite, aber bald würden sie in die Innenstadt kommen mit ihren pittoresken Fachwerkhäusern und den vielen sonnigen Cafés und Plätzen. Julie hatte ein gespaltenes Verhältnis zu der Stadt. Früher war sie gerne hier gewesen, als sie noch mit Frank verheiratet und mit ihrem Leben zufrieden gewesen war. Er hatte einen Literaturlehrstuhl an der Universität geleitet und oftmals war sie mittags zu ihm gefahren und sie waren, mit einem Kaffeebecher in der Hand, durch die Altstadt spaziert. Tempi passati. Jetzt war er ihr Exmann und der neue Mann einer Frau, die Julie vor Jahren nur flüchtig als eine seiner Studentinnen kennengelernt hatte. Er hatte sich eine neue Familie gesucht und sie, Julie, einfach zurückgelassen. Natürlich gab es bei einer Trennung immer zwei Seiten und Julie wusste, dass sie Frank das Leben nicht immer leichtgemacht hatte. Sie war von Albträumen und Ängsten geplagt gewesen. Das hatte er nicht ausgehalten. Dafür war er zu schwach gewesen. Julie wischte die traurigen Erinnerungen beiseite. Es half nichts in der Vergangenheit zu verharren, das hatte sie das Leben gelehrt. Und im Moment erforderte der neue Fall ihre volle Konzentration. Sie wandte sich Samuel zu:

„Ich bin gespannt, was Moulin uns zu berichten hat!"

***

„Er ist zuerst fünfzehn oder zwanzig Meter im freien Fall hinuntergefallen, dann auf mehreren Felsen aufgeschlagen, und weiter hinuntergerutscht, bis er mit den Beinen im Wasser liegen blieb. Der Tod trat bereits während des Sturzes ein, er hat sich das Genick gebrochen!"

Mit einem lauten, frischen Knacken biss Dr. Moulin in einen saftig roten Apfel, den er in der rechten Hand hielt, und wischte sich den Fruchtsaft weg, der ihm aus den Mundwinkeln tropfte. Mit der anderen Hand zeigte er auf den toten Koch, der komplett zugedeckt auf einer Stahltrage lag.

„Hat er Verletzungen, die ihm eventuell vor dem Sturz zugefügt wurden?", hakte Julie nach.

Moulin musterte sie. Er war recht klein und stämmig, unter seinem Arztkittel wölbte sich ein beachtlicher Bauch. Der graue Haarkranz wurde, so schien es Julie, von Monat zu Monat lichter.

„Wie kommen Sie darauf?"

„Der alte Fischer hat ausgesagt, er hätte oben auf der Plattform einen Schatten gesehen. Mag sein, dass ihm sein schnapsgetränkter Geist einen Streich gespielt hat. Aber ich muss dem nachgehen. Es kommt mir schon seltsam vor, dass niemand bemerkt haben will, dass unser toter Koch Probleme hatte."

„Verstehe ich!", nickte Moulin und biss erneut in den Apfel.

„Und tatsächlich habe ich eine Verletzung gefunden, die sich nicht mit dem Sturz erklären lässt!"

Der Mediziner genoss sichtlich die ungeteilte Aufmerksamkeit, die ihm die beiden Polizisten nun entgegenbrachten. Er schmatzte laut und schluckte.

„Am Rücken habe ich ein kleines, kreisrundes Hämatom entdeckt. Das kann nicht vom Aufprall nach dem Sturz kommen, sonst wäre es eine größere Wunde geworden. Fast hätte ich es übersehen."

„Könnte es schon älter sein", wollte Samuel wissen und drehte gespannt die Psychozigarette hinter seinem Ohr.

„Eher nein. Es wirkt ziemlich frisch", entgegnete Moulin und warf den Apfelbutzen in hohem Bogen in Richtung des

Mülleimers, der nahe der Tür stand. Dass er sein Ziel verfehlte, schien den Mediziner nicht weiter zu stören.

„Was aber nicht zu übersehen war, ist folgendes: Delamare war schwer alkoholkrank. Er hatte eine Fettleber und auch die Nieren hätten sicherlich bald ihren Geist aufgegeben. Für einen Mann in seinem Alter war sein Körper schon ziemlich verfallen!"

Julie machte sich eine Notiz. Seltsam, dass niemand, nicht die Exfrau und auch nicht seine Chefin, von dieser Krankheit berichtet hatten. War es dem Koch gelungen, seine Trinksucht lange Zeit geheim zu halten? Das konnte sich Julie nur schwer vorstellen. Andererseits wusste Julie aus eigener, bitterer Erfahrung, dass manche Menschen es schafften, Geheimnisse ein ganzes Leben für sich zu behalten, auch vor jenen, die ihnen am nächsten standen.

„Schauen Sie bitte nochmals genau hin. Gibt es irgendwelche Verletzungen, die auffällig sind. Wurde er gestoßen? Und informieren Sie uns sofort, wenn Sie etwas finden!"

„Wird erledigt. Und wenn ich die toxikologischen Ergebnisse habe, melde ich mich. Ich bin heute Abend ohnehin in Saint Malo zum Essen verabredet, da kann ich gerne vorher im Kommissariat vorbeischauen!", sagte Moulin und machte ihnen mit einer Handbewegung deutlich, dass ihre Audienz nun beendet war.

***

Das kleine Büro im Kommissariat von Saint Malo war vollbesetzt. Samuel hatte Stühle aus anderen Räumen zusammengetragen und für alle Kaffee gekocht. Alain Durand, der leitende Kriminaltechniker, der sicherlich einiges über den Tatort würde erzählen können, stellte einen Teller mit Gebäck auf den Tisch und lachte Julie freundlich an. Sie hatte schon öfters mit ihm zusammengearbeitet und mochte den unkomplizierten und immer freundlichen Kollegen, der fast ständig ein Lächeln auf den Lippen trug. Als leidenschaftlicher Bäcker brachte er immer etwas Selbstgebackenes mit zu Besprechungen und war vor allem deshalb bei allen Kollegen ein gern gesehener Gast.

Auch Sylvain O'Sullivan, der sympathische Streifenpolizist, den Julie frühmorgens am *Château* kennengelernt hatte, war anwesend. Ihre Vorgesetzten hatten Julie am späten Nachmittag mitgeteilt, dass ihr Team aufgestockt werden würde – *aufgrund der Prominenz des Mordopfers*. Das hatte Julie gleich zweimal verwundert. Zum einen war sie sich selber noch gar nicht sicher, dass es sich hier tatsächlich um Mord handelte. Ein kleiner Bluterguss am Rücken und die Aussage eines betrunkenen Fischers reichten nicht unbedingt aus, um eine Mordermittlung anzustoßen. Zum anderen war ihr nicht bewusst gewesen, wie prominent der Fischkoch gewesen war. Ihre Recherchen hatten ergeben, dass er neben seiner eigenen Kochsendung, die fast ein Jahr lang zur besten Sendezeit gelaufen war, auch Kolumnen in verschiedenen kulinarischen Hochglanzmagazinen geschrieben hatte und ein gern gesehener Gast in Talkshows gewesen war. All das war an Julie spurlos vorbeigegangen. Abgesehen davon, dass sie nicht einmal einen Fernseher besaß, las sie nie Magazine.

„*Hello everyone*!"

Ein hochgewachsener, gutaussehender Mann stolzierte in den Raum und ließ sich neben dem Fenster auf einem Stuhl nieder.

„Paul Verveine", schoss es Julie durch den Kopf. „Was hatte denn der hier zu suchen?"

„*Ma chère Julie*", drang seine ölige Stimme an ihr Ohr, „schön, dass wir wieder zusammenarbeiten, nicht wahr?"

„Zusammenarbeiten?", hakte Julie verwirrt nach. „Darüber wurde ich gar nicht informiert."

Verveine pustete sich eine Haarsträhne aus dem Gesicht und zeigte seine milchweißen, geraden Zähne.

„Da wir es hier mit einem prominenten Mordopfer zu tun haben und auch der Tatort in der Kulinarik-Szene durchaus einen Namen hat, ist es nicht unüblich, dass ihr Team Unterstützung von Profis aus der Hauptstadt erhält. Schließlich werden Ihre Ermittlungen ein breites mediales Echo finden. Da kann es nicht schaden, wenn man ein kompetentes Team präsentierten kann!"

Julie schnaubte. Sie hatte bereits früher mit dem arroganten Kriminalpsychologen zusammengearbeitet und hatte nichts als schlechte Erinnerungen daran. Zwar hatte er einen guten Ruf als Wissenschaftler und Profiler, zwischenmenschlich hatte er sie aber nicht überzeugen können. Niemand hatte sie darüber informiert, dass er als Verstärkung an die bretonische Küste gesandt worden war. Das ärgerte Julie. Sie warf Samuel einen verzweifelten Blick zu, den er genervt erwiderte.

Nachdem auch noch Moulin, der alte Pathologe, hereingewatschelt war, eröffnete Julie die Besprechung, indem sie alle internen und externen Kollegen begrüßte und eine Übersicht über den aktuellen Kenntnisstand im Fall Delamare gab.

Anschließend übergab sie das Wort an Alain, der seine kriminaltechnische Sicht der Dinge wiedergab.

„Dort oben an der Steinbrüstung wimmelt es nur so von Fingerabdrücken. Schließlich ist der Aussichtspunkt auch eine Attraktion für Gäste des Restaurants. Ich habe einen Zigarettenstummel gefunden, der eindeutig dem Toten zuzuordnen ist. Da an dem Morgen ein heftiger Sturm über die Festung fegte, sind viele Spuren sicherlich davongeweht worden."

Julie hatte sich das schon gedacht und zuckte resigniert mit den Schultern.

„Kannst du uns etwas über den Sturz sagen?"

„Allerdings!" Alain kratzte sich an der Nase. „Hier ist mir etwas aufgefallen. Geht man von der Selbstmord-These aus, dann sieht das Szenario folgendermaßen aus: Unser Toter klettert auf die Brüstung. Man kann davon ausgehen, dass er zögerlich ist, schließlich braucht es viel Überwindung, um diesen Schritt zu gehen. Entweder lässt er sich leicht nach vorne fallen oder stößt sich etwas von der Brüstung ab, so dass eine solche Fallkurve entstehen würde!" Er drückte auf den Beamer, an den er seinen Laptop angeschlossen hatte und alle sahen eine Zeichnung der Brüstung, sowie eine Strichlinie, die den Weg des Falls skizzierte. Auch der Ort des Aufpralls auf den Felsen war vermerkt und Julie war nun klar, warum die Verstärkung aus Paris angerückt war. Sie hatten Christophe Delamare weiter vorne gefunden, ein Stück hinter dem Punkt, den Alain auf der Skizze eingezeichnet hatte. Somit war ihr Toter nicht aus freiem Willen gesprungen. Jemand musste nachgeholfen haben.

„Und nun", fuhr der Kriminaltechniker fort, „zeige ich die Falllinie, wenn Delamare kräftig von der Brüstung gestoßen wurde!"

Ein Klick und eine neue Skizze erschien. Der eingezeichnete Punkt des Aufpralls deckte sich mit dem Fundort der Leiche.

„Bedeutet das", hakte Samuel nach, „dass er sicher gestoßen wurde? Kann er sich nicht einfach selbst kräftig abgestoßen haben?"

Alain nickte: „Möglich wäre das vielleicht, aber aus meiner Sicht sehr unwahrscheinlich. Unseren Berechnungen zufolge muss er stehend von der Brüstung aus gefallen sein. Und Jean", er blickte den Pathologen an, der zustimmend nickte, „hat zwischen den Schulterblättern einen inneren Bluterguss gefunden, der auf äußerliche Gewalteinwirkung schließen lässt. Ich kann einen Selbstmord zwar nicht hundertprozentig ausschließen, aber wenn man auch die gerichtsmedizinischen Aspekte mitbetrachtet, sieht es für mich eindeutig nach Mord aus. Christophe Delamare wurde mit einem kräftigen Stoß ins Jenseits befördert und der Täter wollte, dass es wie Selbstmord aussieht!"

„Danke Alain!"

Julie griff nach ihrer Kaffeetasse und dachte nach. Wenn es stimmte, dass Delamare getötet worden war, und danach sah es momentan aus, dann wartete ein großer Haufen Arbeit auf sie. Sie wandte sich an Sylvain.

„Sie haben doch im *Château* die Angestellten befragt. Ist dabei irgendetwas Brauchbares herausgekommen?"

Sylvains Augen leuchteten aufgeregt, als er zu sprechen begann. Julie konnte sich lebhaft vorstellen, wie spannend es für den jungen, unerfahrenen Streifenpolizisten sein musste, plötzlich inmitten einer Mordermittlung zu stecken und dabei Seite an Seite mit Kommissaren, Profilern und Kriminaltechnikern zu arbeiten. Vielleicht gab ihm das ein kleines *Scotland Yard-Feeling*. Julie würde es ihm wünschen.

„Ich habe mit allen Angestellten gesprochen, die auf irgendeine Weise in Kontakt mit dem *poissonnier* standen.

Die Restaurantleiterin und *chef de cuisine, madame* Cathérine Chevalier, haben Sie ja bereits befragt. Ihre Schwester, Audrey, ist *sous-chef* und wirkte sehr nett im Gespräch." Er runzelte die Stirn, da er sich über das soeben Gesagte anscheinend selber wunderte. Schließlich schob er hinterher:

„Das heißt natürlich gar nichts, sie kann trotzdem die Mörderin sein."

Ein Lachen ging durch den Raum. Dass Sylvain noch ziemlich grün hinter den Ohren war, zeigte sich nicht nur in seinem wenigen Dienstjahren. Julie beschloss, den netten, jungen Polizisten etwas unter ihre Fittiche zu nehmen. Sie war sich sicher, dass er ein guter Polizist werden würde. Aber das brauchte Zeit, wie sie aus eigener Erfahrung wusste.

„Audrey Delavallée ist seit Gründung des Restaurants dort. Sie hatte nach eigener Aussage ein professionelles Verhältnis zu unserem Toten. Die beiden kamen sich wohl kaum in die Quere – sie beschreibt ihn als zuverlässig, tüchtig und allseits beliebt. Nur mit einem Kollegen soll es öfter Streit gegeben haben, und zwar dem *rôtisseur* Jean Madelaine. Die beiden muss eine Art Hassliebe miteinander verbunden haben, aber Audrey wollte nicht ins Detail gehen. Madelaine konnte ich leider nicht befragen, da er sich heute krankgemeldet hat und nicht erreichbar war. Ich habe ihm aber eine Nachricht hinterlassen. Dann gibt es noch den *commis de cuisine*, den Jungkoch. Sein Name ist Yves Richard, nicht sehr sympathisch, aber offensichtlich sehr gut in seinem Fach. Er lobte den Toten in hohen Tönen, für Madelaine schien er nur Verachtung übrig zu haben. Ich habe ein bisschen recherchiert, Richard ist ein bekannter Blogger, der auch Kritiken schreibt. Das hat ihm einige Feinde eingebracht."

Julie sah von ihren Notizen auf.

„Dann überprüfen Sie bitte, ob er irgendwann auch mal etwas über den Toten in seinem Blog geschrieben hat. Was ist mit der restlichen Belegschaft?"

Sylvain drehte seine Kaffeetasse auf dem weißen Kunststofftisch, die hässliche, braune Ränder hinterließ.

„In der Küche gibt es sonst noch drei Auszubildende: Daniel, Charlotte und Vincent. Letzterer ist der Filius der *sous-chefin* und gibt sich ziemlich arrogant. Er hat sich bei unserem Gespräch als Chef in spe ausgegeben und dabei kaum ein nettes Wort über seine Kollegen verloren. Die anderen beiden sind eher zurückhaltend gewesen."

„Danke Sylvain, bleiben Sie dran!

„Fassen wir also alles zusammen! Laut pathologischer und kriminaltechnischer Erkenntnisse kann man davon ausgehen, dass Delamare ermordet wurde. Irgendjemand hat ihn, wahrscheinlich mit Drohungen, dazu bewegt auf die Mauer zu klettern und hat in dann kräftig gestoßen. Diese Theorie wird übrigens auch von unserem einzigen Zeugen, diesem Fischer Pierre, gestützt. Er behauptet, zwei Schatten oben auf der Brüstung gesehen zu haben. Unser Toter war ein bekanntes Gesicht in den Medien, außerdem beruflich in einer Branche tätig, in der es sicher viel Konkurrenz gibt und schließlich war er auch noch geschieden, hatte also persönliche Probleme. Ich denke, daraus ergibt sich eine Menge Arbeit für uns."

Sie seufzte und griff nach ihrer Kaffeetasse. Der Kaffee war schal und kalt und einmal mehr vermisste sie ihre verstorbene Kollegin Lisa, die nach Julies Ansicht den besten Kaffee im ganzen Kommissariat gekocht hatte.

„Die Exfrau habe ich auch schon unter die Lupe genommen", riss sie Sylvains Stimme aus ihren Gedanken.

„Sie ist eine berühmte Cellistin und hat drei Kinder!"

„Ich weiß", erwiderte Julie. „Samuel und ich haben bereits mit ihr gesprochen. Sie war sehr erschüttert vom Tod ihres Exmannes, hat aber gleichzeitig erzählt, dass er sich wenig um die Kinder gekümmert hat, auch finanziell. Das hat wohl auch ihrer Karriere ziemlich geschadet. Aber jetzt möchte ich gerne zum nächsten Punkt übergehen..."

„Bitte warten Sie", wurde sie vom jungen Streifenpolizisten unterbrochen, der sich dafür einen ärgerlichen Blick einfing.

„Das passt nicht zu meinen Erkenntnissen."

Nun hatte er Julies Aufmerksamkeit. Mit einer auffordernden Handbewegung bat sie ihn weiterzusprechen.

„Ich habe mit mehreren Mitarbeitern des *Châteaus* gesprochen und alle haben mir erzählt, dass er sich rührend um seine drei Kinder gekümmert und ständig Überstunden geschoben hätte, um sie zu finanzieren. Audrey Delavallé hat beispielsweise berichtet, dass seine jüngste Tochter oft mit im *Château* war, wenn er außerplanmäßig arbeiten musste. Sie hat dann solange in der Mitarbeiterlounge Hausaufgaben gemacht. Und der Jungkoch, dieser Yves Richard, hat sich darüber aufgeregt, dass Delamare oft kurzfristig wegmusste, um die Kinder bei seiner Exfrau abzuholen."

Julie legte die Stirn in Falten.

„Das passt so gar nicht zu dem, was uns Édith Delamare erzählt hat. Aber das muss doch irgendwo festgehalten sein. Bei einem Familiengericht oder einem Anwalt. Sylvain, kümmerst du dich darum, die privaten Umstände des Toten zu klären?"

Spontan war sie zum Du gewechselt. Sie überlegte kurz, ob sie das zurücknehmen sollte. Nein, sie wollte es dabei belassen. Der junge Mann war ihr wirklich sympathisch.

Sylvain nickte überrascht. Dann machte er sich eifrig Notizen in seinem Smartphone.

Der Rest der Besprechung verlief ohne weitere Erkenntnisse. Verveine war enttäuscht, da seine Expertise nicht gefragt war. Aber sie befanden sich erst ganz zu Beginn der Ermittlungen und über den Täter war noch nichts bekannt.

Schließlich teilte Julie die weiteren Aufgaben im Team auf und schickte dann alle in den wohlverdienten Feierabend.

Mittwoch

Julie war noch vor Sonnenaufgang aufgewacht. Es war eine unruhige Nacht gewesen. Draußen hatte ein Wintersturm getobt und durch die alten Holzfenster hatte es kräftig und kalt gezogen. Es war noch nicht einmal sechs Uhr, als Julie sich mit einer großen Tasse Milchkaffee, der Tageszeitung und einer Zigarette in ihren Schaukelstuhl im Wohnzimmer setzte. Ihr graute vor dem Tag. Vor ihr türmte sich ein Berg von Arbeit auf und auch die Neuzusammensetzung des Teams bereitete ihr Sorgen. Sylvain schien gut zu ihr und Samuel zu passen und auch die Zusammenarbeit mit Alain empfand sie als sehr angenehm. Aber dieser Psychologe Verveine. Er war ein Schleimer aus der Großstadt, der meinte, immer Recht zu haben. Auch wenn er auf seinem Fachgebiet als Koryphäe gehandelt wurde, hätte sie lieber auf seine Anwesenheit verzichtet. Aber da hatten ihr die Vorgesetzen in der Hauptstadt einen Strich durch die Rechnung gemacht.

Sie nippte am Kaffee und genoss den warmen Kaffeedampf, der ihr in die Nase stieg. Draußen pfiff der Sturm und peitschte die Wellen in die Höhe. Durch ihre großen Terrassenfenster sah sie, dass der Strand und Teile der Strandpromenade geflutet waren. Es würde, zumindest wettermäßig, ein sehr ungemütlicher Tag werden.

Sie griff nach der Tageszeitung und blätterte darin herum. Langweilige Regionalnachrichten und eine Sturmwarnung überflog sie desinteressiert. Plötzlich aber hielt sie inne. Den Kulturteil überblätterte sie normalerweise recht schnell, doch ein ganzseitiger Artikel, der mit einem großen Foto versehen war, weckte ihr Interesse. Von dem Bild lächelte ihr seltsam distanziert und erhaben Édith Delamare entgegen. Ihr schwarzes, langes Haar fiel seidig glänzend über ihre schmalen Schultern. Auf ihren Lippen lag ein Lächeln, das keine Liebenswürdigkeit oder Wärme vermittelte. Es war das Lächeln einer Königin. Das Lächeln einer Person, die immer gewann. Die langen, feingliedrigen Finger ihrer linken Hand umschlangen den Hals des Cellos, die rechte ruhte sanft auf dem Klangkörper. Die Überschrift verkündete eine glänzende Zukunft des internationalen Sterns am Klassikhimmel. Julie überflog den Text, der Werdegang und Erfolge der Cellistin umriss, eingebettet in Lobeshymnen. Am Ende des Artikels wurde eine neue CD und eine Autobiographie der Künstlerin angekündigt. Julie schnappte sich ihr Handy und wählte Sylvains Nummer. Ob er jetzt schon erreichbar war? War es falsch, ihre Mitarbeiter schon so früh aus den Federn zu scheuchen? Ihre Bedenken wurden zerstreut, als sie Sylvains muntere Stimme bereits nach kurzem Läuten vernahm. Sie erzählte ihm von dem Artikel und teilte ihm ihre Gedanken dazu mit.

„In dem Artikel wird ihr Werdegang beschrieben. Sie wird als fleißige Künstlerin dargestellt, die unermüdlich probte, Werbetermine wahrnahm und in verschiedenen Orchestern tätig war. Das hört sich doch nach einem vollen Terminkalender an und passt so gar nicht zu ihren eigenen Darstellungen einer aufopferungsvollen Mutter, die ihre Karriere vernachlässigt, um für den Nachwuchs zu sorgen."

Sylvain stimmte ihr zu.

„Ich habe mich schlaugemacht. Die beiden haben 2007 geheiratet, sie war damals Anfang dreißig, er einige Jahre älter als sie. Zu diesem Zeitpunkt war er bereits Medienstar und Publizist und verdiente gut. Sie hatte ein etwas wechselhaftes Leben hinter sich. Da sie wohl aus ärmlichen Verhältnissen kam, machte sie auf Wunsch ihrer Eltern nach der Schule eine Ausbildung zur Krankenschwester und arbeitete in diesem Beruf. Ihre Leidenschaft waren aber schon immer das Cello und klassische Musik gewesen und sie widmete ihre ganze Freizeit diesem Hobby. 2006 kam Christophe Delamare ins Krankenhaus, warum weiß ich nicht, und dort lernte er sie kennen. Ein Jahr später heirateten sie und Édith kündigte ihre Stelle, um in Paris klassisches Cello zu studieren. Sie bekamen drei Kinder und dank seiner guten Kontakte konnte unser Mordopfer seiner Frau immer wieder Engagements in großen internationalen Orchestern besorgen. Glaubt man seiner damaligen Aussage, so hat er ihre Karriere kräftig befeuert. Bei der Scheidung wurde ihr jedoch eine hohe Abfindung zugesprochen. Anscheinend verdiente sie zum damaligen Zeitpunkt nicht viel und daher musste Delamare blechen. Er argumentierte bei der Gerichtsverhandlung, dass er ihr während der Ehe die gesamte Ausbildung finanziert und ihr den Rücken freigehalten hatte, damit sie Karriere machen konnte. Sie stritt das aber alles ab und stellte sich als Hausfrau und Mutter dar, die ihre Karriere wegen der Familie hintenangestellt hätte, ohne das irgendwie belegen zu können. Der Richter hat ihr geglaubt und Delamare ging als großer Verlierer aus der Verhandlung.

Alle drei Kinder leben seitdem bei ihr, obwohl sie sich mit unserem Toten das Sorgerecht geteilt hat. Laut den Unterlagen musste er mehr Unterhalt zahlen, als ich monatlich verdiene."

Julie runzelte die Stirn, während sie Sylvains Ausführungen lauschte.

„Wir müssen uns die Finanzen unseres Toten nochmal genau anschauen. Wenn er was zu vererben hatte, dann geht das wohl an die Kinder und…"

„…und somit an die Mutter, da sie ja jetzt als alleinige Sorgeberechtigte auch deren Finanzen verwaltet!", beendet Sylvain ihren Satz.

„Und das wäre ein Mordmotiv par excellence! Übrigens: woher hast du so schnell all diese Infos vom Familiengericht bekommen? Normalerweise dauert so etwas doch ewig", fragte Julie.

Am anderen Ende der Leitung trat ein kurzes Schweigen ein.

„Ich kenne da jemanden, eine Kommilitonin von Anne, meiner Freundin, und die macht da gerade ein Praktikum am Familiengericht und hat sich die Protokolle angeschaut."

Julie seufzte. Sylvain hatte noch viel zu lernen. Solche Infos brachten vor Gericht gar nichts. Aber trotzdem: Er hatte ihnen auf diesem Weg wichtige Informationen besorgt, die ihnen einen gewissen Vorsprung verschafften. Julie würde dennoch die Akte auf bürokratischem Weg anfordern.

Sie verabschiedete sich von Sylvain und machte sich dann schnell fertig. Sie musste ins Büro und ihren Tag planen. Es gab viel zu tun!

***

Julie war überrascht, wie es in ihrem Büro zu so früher Stunde zuging. Samuel war bereits dabei Espresso in der silbernen Kaffeekanne zu kochen, während Sylvain eifrig auf die Tastatur seines Computers einhackte, während er den Telefonhörer zwischen Ohr und Schulter geklemmt hielt.

Von Verveine war nichts zu sehen. Zum Glück!

Das Team wurde abgerundet durch Alain Durand, der gut gelaunt durch die Tür spaziert kam. Kurze Zeit danach betrat Diane, seine Ehefrau den Besprechungsraum. Sie stellte eine Schale voll verheißungsvoll duftendem Gebäck auf den Tisch.

„Ich bin hinter dir hergefahren, weil du die vergessen hast. Du hast sie doch extra für deine Kollegen gebacken."

Im Vergleich zu Alain, der hochgewachsen und sehr schlank war, wirkte seine Frau etwas untersetzt. Ihre blonden Haare lockten sich knapp über die Schultern und um ihren Mund kräuselten sich viele Lachfältchen. Julie wusste aus Erzählungen, dass die beiden schon lange ein Paar waren und bereits während ihres Studiums geheiratet hatten. Die Ehe war kinderlos geblieben. Diane arbeitete als Mathematiklehrerin am örtlichen *lycée* und war dort sehr beliebt. Julie hatte das Gefühl, dass sie mit ihrer mütterlichen und liebevollen Art den perfekten Ausgleich zum oftmals grausigen und belastenden Berufsalltag ihres Gatten darstellte.

„*Salut Julie*, wie geht es dir?", erkundigte sich Diane freundlich. Julie bot ihr mit einer Handbewegung einen Stuhl an und goss den frisch aufgebrühten Espresso in die Tassen.

„Es geht mir gut, Diane, danke! Und dein Mann sorgt dafür, dass wir hier niemals verhungern."

Sie nahm sich ein Gebäckstück und biss hungrig hinein. Das feine Sandgebäck zerschmolz ihr auf der Zunge und hinterließ einen feinen Nachgeschmack nach Salz.

„Das Rezept haben wir aus unserem letzten Schottlandurlaub mitgebracht", berichtete Alain stolz und legte einen Arm um seine Frau.

„Das hat sich gelohnt, die Kekse schmecken köstlich", lobte ihn Julie und reichte dem Ehepaar zwei Tassen Espresso.

„Alain bäckt und ich übernehme das Kochen. In der Küche harmonieren wir wirklich perfekt", erzählte Diane und begann Julie von einem typisch bretonischen Rezept zu erzählen, dem *agneau de pré-salé*, einem Braten von Lämmern, die auf den Salzwiesen direkt am Meer beim Mont Saint Michel weiden. Das Fleisch wird stundenlang bei niedriger Temperatur im Ofen gegart. Alain, der wohl die Leidenschaft seiner Frau nur zu gut kannte, endlos über Kochrezepte und Zutaten zu schwadronieren, unterbrach sie liebevoll und schlug vor:

„Warum fährst du nicht nach Hause und bereitest dein Rezept einfach vor. Wenn Julie und der Rest des Teams Zeit haben, könnten wir am Abend alle gemeinsam essen?"

Begeistert klatschte Diane in die Hände.

„Das ist eine großartige Idee, *mon amour*. Ich mache mich sogleich an die Arbeit. Ihr habt doch alle Zeit, oder?"

Nach Zustimmung heischend blickte sie in die Runde. Nachdem alle versichert hatten, sie würden sich das gute bretonische Abendessen niemals entgehen lassen, spazierte Diane schließlich aus dem Büro, vor sich hinmurmelnd, was es nun alles zu tun gäbe: das Fleisch auf dem Bauernhof kaufen, frisches Gemüse auf dem Markt holen, sich eine Nachspeise ausdenken. Julie dachte, dass Dianes Tagesplan ähnlich stressig sein würde wie ihr eigener, wenn auch ganz anders.

Nachdem sie wieder unter sich waren, setzten sich alle zusammen und besprachen den Tag. Sylvain berichtete von seinen Ermittlungsergebnissen über das Ehepaar Delamare und Julie bohrte nach, ob es schon etwas Neues zu Jean Madelaine, dem *rôtisseur* aus der Schlossküche gab.

„Eine Streife ist mehrfach bei ihm zuhause vorbeigefahren, aber er macht nicht auf. Ich versuche es heute nochmal und wenn er dann immer noch nicht da ist, sollten wir eine Fahndung nach ihm ausschreiben. Schließlich wissen wir, dass er laut der Aussagen einiger Kollegen öfters im Streit mit unserem Mordopfer war. Es ist schon sehr auffällig, dass er sich am Tag des Mordes krankmeldet, dann aber nicht mehr erreichbar ist. Im *Château* habe ich vorhin angerufen, die wissen auch nichts."

„Alles klar", sagte Julie, „bitte bleib da dran! Ich denke auch, dass es wichtig ist ihn zu befragen. Wissen wir Näheres über ihn?"

Sylvain meldete sich nochmals zu Wort. Anscheinend hatte er die letzte Nacht wenig geschlafen und viel recherchiert.

„Madelaine ist Jahrgang 65. Er hat seine Kochausbildung in Paris gemacht und ist dann, wie es in der Branche üblich ist, von Küche zu Küche gezogen, um möglichst viel zu lernen. Er hat in guten Häusern gekocht und es bis zum *chef de cuisine* geschafft, bis er sich 1990 plötzlich selbstständig machte, und zwar mit einem ambitionierten Projekt, einem Spitzenrestaurant in der Karibik. Er hat sein ganzes Gespartes da reingesteckt, ist aber nach zwei Jahren anscheinend krachend gescheitert. Danach wurde es erstmal ruhig um ihn. Anscheinend setzte ihm der berufliche Niedergang sehr zu. Ich habe erst wieder Aufzeichnungen aus dem Jahr 1994, da ließ er sich in der Normandie in einer Suchtklinik behandeln."

„Drogen?", fragte Julie.

Sylvain schüttelte den Kopf.

„Spielsucht! Er war da fast sieben Monate in stationärer Behandlung. Danach hat er sich langsam wieder hochgearbeitet, ist aber nie mehr so erfolgreich geworden wie vorher. Vor fünf Jahren hat er im *Château* angefangen als *rôtisseur*. Das war eigentlich nicht sein Spezialgebiet, aber die Stelle des *poissonnier* war schon besetzt!"

„Durch unseren Toten!", ergänzte Samuel und schnalzte mit der Zunge.

„Naja", bezweifelte Julie seine unausgesprochene Schlussfolgerung.

„Das erscheint mir als Mordmotiv aber nicht sehr überzeugend: Er bringt den Fischkoch um, um seine Stelle zu bekommen? Da hätte es sicherlich einfachere Mittel gegeben. Trotzdem: wir müssen ihn uns genauer anschauen und sein Verhältnis zum Toten unter die Lupe nehmen!"

Alain Durand, der während Sylvains Ausführungen immer wieder auf seine Uhr geblickt hatte, meldete sich nun zu Wort.

„Ich muss leider gleich weiter, habe euch aber kurz etwas mitzuteilen. Ich habe mir heute Nacht nochmal die Kleider des Toten vorgenommen und bin fündig geworden. Genau an der Stelle, an der laut Moulin der Stoß erfolgte, habe ich einen Fingerabdruck auf seinem Lederblouson gefunden, zwar nur einen halben und er ist nicht mehr sehr deutlich, da Wind und Wetter ihr Übriges getan haben, aber vielleicht kann ich da noch etwas herausholen. Ich informiere euch, sobald ich mehr weiß!"

Julie stand mit Alain zusammen auf.

„Dann sind alle auf dem neuesten Stand. Samuel, du versucht diesen Madelaine zu finden. Sylvain, du recherchierst im Büro über die Delamares weiter und versuchst herauszufinden, warum Jean Madelaine in der Karibik scheiterte. Außerdem möchte ich detaillierte Lebensläufe von allen Angestellten im *Château*. Ich spreche nochmal mit dem Fischer, schließlich liefert er gelegentlich Fisch ins *Château* und kann mir etwas über den Toten erzählen. Wir treffen uns mittags wieder hier. Ich bringe Sandwiches mit und du, Samuel, kümmerst dich bitte um Kaffee. Bis später!"

***

Das Haus des Fischers Pierre lag etwas abseits des Ortes an einer Schnellstraße. Es wirkte heruntergekommen und der kleine Vorgarten war voller Metallschrott und vertrockneter Pflanzen. Da die Einfahrt von einem rostigen, alten Jeep besetzt war, musste Julie ein Stück weit die Straße runter parken und dann zurück zum Haus laufen, während Autos an ihr vorbeisausten. Auf ihr Klopfen reagierte zuerst niemand. Erst als sie laut rief und gegen das Küchenfenster klopfte, erschien eine ältere, rundliche Frau in der Tür. Sie trug einen Arbeitskittel und rieb sich ihre Hände an einem alten, dreckigen Handtuch ab.

„Entschuldigung", nuschelte sie. „Ich war gerade im Keller die Wäsche machen! Wer sind Sie?"

Julie stellte sich vor und brachte ihr Anliegen hervor. Die Frau, die im Türrahmen stand, machte keine Anstalten, sie hereinzubitten.

„Pierre dürfte um diese Zeit in der Dorfbar sein. Meist kehrt er am frühen Vormittag in den Hafen zurück, liefert dann seinen Fisch aus und geht anschließend für ein paar Gläser Wein ins *Chez Hugo*. Sie können die Bar nicht verfehlen, es ist die einzige im Hafen. Und wenn Sie Pierre dort finden, richten Sie ihm bitte von mir aus, er soll schnell nach Hause kommen. Es gibt bald Mittagessen."

Die Frau atmete schwer aus und Julie meinte einen Hauch von Alkohol zu riechen. Anscheinend tranken beide Eheleute schon in der Frühe gerne ein Gläschen.

Sie lief wieder die Straße hoch und war froh, als sie in ihrem Auto saß. Die wenigen Meter Fußweg hatten gereicht, um ihre Hände und Füße eiskalt werden zu lassen. Dieser Winter war erneut unangenehm und kalt, wenn auch nicht so schlimm wie im letzten Jahr, als sogar Schneestürme über die Bretagne gefegt waren. Die Ehefrau des Fischers hatte nicht gelogen. Es gab nur eine einzige Bar im Hafen und als Julie den düsteren, übelriechenden Schankraum betrat, erkannte sie unter den wenigen Gästen sogleich den alten

Fischer, der am Tresen saß, vor sich ein Glas Weißwein und eine Schachtel filterlose Zigaretten. Gerade schenkte ihm der Wirt aus einer eineinhalb Literflasche nach und redete dabei auf ihn ein.

Julie näherte sich den beiden und konnte hören, was sie sprachen.

„...immer nur Ärger mit dem Typen. Trinkt zu viel, und zerlegt mir dann die Einrichtung. Das nächste Mal hole ich die Polizei!"

Julie räusperte sich und die beiden Männer blickten auf.

„Sie kenne ich doch", sagte Pierre und musterte die Kommissarin. „Sie waren auf dem *Château*, als Christophe starb."

Julie nickte.

„Richtig. Und ich bin hier, um Ihnen einige Fragen zu stellen. Haben Sie einen Moment Zeit für mich?"

Wirklich Lust schien der Alte nicht zu haben, aber er deutete missmutig auf den freien Barhocker neben sich und gab dem Wirt ein Zeichen, der daraufhin ein Glas brachte, dass er aus derselben Flasche befüllte, die er zuvor für Pierre geholt hatte.

„Guter provenzalischer Weißwein, kommt direkt von seinem Cousin, der hat da ein Weingut!", sagte Pierre und der Mann hinter dem Tresen dankte es ihm mit einem Kopfnicken.

„Ich wollte Sie nochmals zu den Vorfällen am Morgen des Sturzes befragen. Sie sagen die See war rau und das Wetter schlecht. Außerdem war es dunkel. Trotzdem behaupten Sie, Sie hätten auf der Brüstung zwei Männer gesehen!"

„Schatten", korrigierte sie der Fischer. „Ich habe zwei Schatten gesehen. Ob es Frauen oder Männer waren kann ich nicht sagen. Die eine Person fiel und die andere beugte sich über die Brüstung, dann verschwand sie."

Das deckte sich genau mit der Aussage, die er schon am Tatmorgen gemacht hatte. Julie glaubte ihm.

„Sie haben Christophe Delamare gekannt?"

Der Alte nickte.

„Aber nicht besonders gut. Ich habe manchmal einen Fang zu ihm aufs *Château* geliefert. Ich glaube, er hätte mich gerne als festen Lieferanten gehabt, das hat er sogar mal gesagt, aber seine Chefin bestand auf Éric."

„Éric?", hakte Julie nach.

„Éric Bonniéc. Seine Tochter Charlotte macht in der Küche eine Ausbildung zur Köchin. Er hat ein kleineres Boot als ich und fängt bei Weitem nicht so viel, aber Cathérine will trotzdem ihn als Lieferanten. Ich springe nur ein, wenn er verhindert ist, krank oder keinen Fang gemacht hat!"

Er nahm einen Schluck aus seinem Glas.

Julie machte sich im Geiste eine Notiz, dass sie diesen Fischer und seine Tochter überprüfen würde, sobald sie wieder im Büro war. Vielleicht war es verlorene Mühe, aber es mussten alle Personen unter die Lupe genommen werden, die für das *Château* tätig waren, auch Lieferanten.

„Sie waren also schon einige Male in der Küche und haben Fisch geliefert, wenn Éric keine Zeit hatte. Ist Ihnen irgendetwas aufgefallen? Gab es Rivalitäten? Streit? Unstimmigkeiten?"

Aus der hintersten Ecke der Bar hörte man ein Rufen. Der Stimme war anzumerken, dass sie nicht mehr nüchtern war.

„*Encore une bière et un calva!*"

Seufzend machte sich der Wirt an die Arbeit und stellte die beiden Getränke, ein frisch gezapftes Bier und ein Schnapsglas voll Calvados, auf ein Tablett.

„Was für ein Mensch war Christophe?"

Der Fischer kratzte sich im struppigen Dreitagebart. Seine Haut im Gesicht war von Wind und Wetter gegerbt. Tiefe Falten zeichneten Furchen hinein. Aber seine hellblauen Augen blitzen auffällig wach und auch sein Lächeln, das er nun zum ersten Mal, seit Julie in der Bar aufgetaucht war, zeigte, war gewinnend und freundlich.

„Er war ein netter Kerl. Hilfsbereit und gesellig. Er hat mir immer einen Kaffee angeboten und hat dann den ganzen Fang mit mir durchgesprochen. Er hatte Ahnung. Sein *plateau de fruits de mer* war legendär, weit über die Grenzen der Bretagne hinaus."

Julie lief das Wasser im Mund zusammen, als sie der Beschreibung des Fischers zuhörte. In Cancale, einem kleinen Fischerort nahe Saint Malo gab es viele kleine Restaurants im Hafen, wo man diese bretonische Spezialität genießen konnte. Auf einer großen Platte wurde allerlei Meeresgetier angeboten: Krabben, Muscheln, Austern, Langustinen, die schmackhaften *bulots* und *bigorneaux*, die kleinen schwarzen Strandschnecken. Mit etwas Glück war auch Hummer dabei. Dazu gab es Weißbrot, hausgemachte Knoblauchmayonnaise, Salzbutter und für die Austern ein Schälchen mit feingeschnittenen Schalotten, die in Rotweinessig schwammen. Dazu eine Flasche Sauvignon Blanc und das Essen war perfekt.

„Hat er auch etwas Privates erzählt?"

Pierre nickte.

„Er war geschieden. Muss bei der Scheidung ziemlich über den Tisch gezogen worden sein von seiner Alten. Die ist irgendeine erfolgreiche Künstlerin", er verdrehte die Augen, „und lebt in Rennes. Drei Kinder haben sie. Marc, Théo und Vivien. Die Kleine hatte er oft in der Arbeit dabei. Das hat die Chefin nicht gerne gesehen. Aber er musste sich ja um die drei kümmern. Seine Exfrau war ständig auf Konzertreisen oder musste proben."

„Und in der Arbeit. Mit wem verstand er sich besonders gut? Gab es mit irgendjemandem Streit?"

„Hey, noch ein Bier!", ertönte die betrunkene Stimme aus der Ecke.

Pierre drehte den Kopf in die Richtung, aus der das Rufen gekommen war und deutete dann mit einem Finger auf die Gestalt, die dort saß.

„Da fragen Sie am besten ihn!"

Irritiert hakte Julie nach.

„Sie meinen den Betrunkenen dort hinten? Was hatte er mit unserem Toten zu tun?"

„Sehr viel", antwortete Pierre.

„Das ist Jean, der *rôtisseur* des *Châteaus*. Aus irgendeinem Grund hat er Christophe nicht gemocht und dauernd auf ihn geschimpft. Wenn Sie mich fragen, ist das irgendwas Altes."

***

„Der ist sturzbetrunken und schläft gerade seinen Rausch in der Ausnüchterungszelle aus!"

Samuel nippte an seinem Espresso und lächelte Julie an. Nur allzu gut erinnerte er sich daran, wie er neu auf dem Kommissariat angefangen hatte. Es hatte lange gedauert, bis Julie und er sich beruflich und auch privat angenähert hatten. Sie hatte damals den Verlust seines Vorgängers Yanik, der nicht nur Julies Kollege sondern auch ihr bester Freund gewesen war, nicht überwunden und war daher zu ihm, Samuel, von Anfang an auf Distanz gegangen. Das hatte zu Beginn das Klima im Team vergiftet. Doch dank Lisa, ihrer gemeinsamen Kollegin, hatten sie sich als Team zusammengerauft. Dann war das Unfassbare geschehen. Lisa war im letzten Winter bei einem Polizeieinsatz ermordet worden. Bis heute konnte Samuel nicht begreifen, wie ihnen damals alles aus dem Ruder gelaufen war. Er hatte monatelang gegrübelt und mit sich selbst gerungen, um eine Antwort zu finden. Doch auf manches im Leben, das hatte er nun gelernt, gab es einfach keine Antworten. Manchmal war das Leben einfach ungerecht, schlug zu hart zu, nahm einem die Menschen, die wichtig waren. Für Julie war Lisas Verlust noch viel schlimmer gewesen. Schließlich waren die beiden ungleichen Frauen über Jahre hinweg Kolleginnen und enge Freundinnen gewesen. Und während Samuel über den Tod sprach und sich Freunden anvertraute, trauerte Julie leise und heimlich und litt. Das wusste er. Und er hätte ihr so gerne geholfen, wenn sie es nur zugelassen hätte. Jeden Tag ging sie zu dem kleinen Friedhof, auf dem Lisa begraben lag und saß lange an ihrem Grab. Julie hatte niemanden, um darüber zu reden. Familie hatte sie keine. Ihre Eltern waren tot und über ihren Vater, einen ehemaligen Polizisten, sprach sie nie. Ihr Exmann Frank, ein angesehener Universitätsprofessor, hatte eine seiner Studentinnen geheiratet und mit ihr eine neue Familie gegründet. Inzwischen war er Vater und Julie hatte keinen Kontakt mehr zu ihm. Blieb noch Julies alte Schulfreundin Gwenaëlle. Doch die war, nachdem sie einen Landwirt geheiratet und Kinder bekommen hatte, voll ausgelastet in ihrer Rolle als Hausfrau, Mutter und Landwirtin. Am Ende des Tages gab es inzwischen nur noch ihn selbst, Samuel, der gelegentlich mit Julie auch privat Zeit verbrachte, Essen ging oder in der Bar ein paar Gläser Wein trank.

Julies Stimme riss ihn aus seinen Gedanken.

„Das wird noch dauern, bis wir den befragen können. Übernimmst du das, Samuel?“

Er nickte und kramte nach seinen Notizen.

„Während du in der Bar warst und Pierre befragt hast, habe ich mit Freunden und Bekannten des Toten gesprochen. Sie alle stimmen in einem Punkt überein: Er schien ein richtiger Familienmensch gewesen zu sein und muss sich viel um den Nachwuchs gekümmert haben, während diese Édith immer nur ihre Karriere vorangetrieben hat."

„Das passt erneut so gar nicht zu dem, was die Exfrau ausgesagt hat", meinte Julie und ergänzte nach kurzem Nachdenken:

„Ich werde sie nochmal befragen. Sylvain, würdest du mich begleiten? Diesmal besuchen wir sie in ihrer Wohnung in der Stadt. Dann bekommen wir einen besseren Eindruck von ihrem Leben. Abends treffen wir uns alle wieder hier und bringen uns gegenseitig auf den neuesten Stand, bevor wir zu Alain und Diane zum Abendessen fahren!"

***

Das Stadthaus, in dem Édith Delamare lebte, stach in der Straße heraus. Es war liebevoll renoviert und erhob sich schlank und hoch in den Himmel. Das Kopfsteinpflaster vor dem Haus, die dunkelgrün gestrichenen Fensterläden und der entzückende Fachwerkstil gefielen Sylvain. Er legte den Kopf in den Nacken und blickte die Fassade hoch.

„Was so ein Stadthaus wohl kostet?"

„Ein kleines Vermögen", mutmaßte Julie. „Schließlich steht es mitten in der Altstadt. Allein die Lage ist unbezahlbar."

Sie klingelte und musste länger als üblich warten, bis schließlich die Tür aufging und eine ältere Dame sie begrüßte. Sie stellte sich als die Haushälterin von *madame* Delamare vor und bat die beiden Polizisten in ein schick eingerichtetes Wohnzimmer. Während der dunkle Dielenboden und die hohen Decken altmodisch anmuteten, war die Einrichtung wie aus einem Luxuskatalog. Eine elegante Ledercouch stand unter den Sprossenfenstern, die einen schönen

Ausblick auf die Gassen und das Leben in der Altstadt boten. Ein großes Bücherregal, das nur aus feinen Aluminiumstäben zusammengesetzt zu sein schien, trug Klassiker der Literatur nebst einer umfangreichen Auswahl an musikwissenschaftlichen Büchern. Mehrere Celli lehnten am Regal und an den Wänden. Gegenüber der Couch stand ein großer Kirschholztisch an der Wand, die ein großes, gerahmtes Bild schmückte.

„Na, wer lacht uns denn da von der Wand entgegen?", alberte Sylvain und zeigte schmunzelnd auf das Porträt der Hausherrin, das sie in einem langen, figurbetonten Abendkleid zeigte. Ihre langen Haare fielen in sanften Wellen über ihre Schultern, die Hände hielten ein Cello. Der talentierte Maler hatte die Schönheit der Musikerin eingefangen und ihr einen geheimnisvollen Hauch verliehen.

„Nur die Falten im Gesicht hat er vergessen!", kicherte Julie, verstummte aber, als die Tür aufging und *madame* Delamare in einem engsitzenden, schwarzen Kostüm den Raum betrat. Ihre Augen waren mit dickem schwarzem Lidstrich geschminkt, während ihre Lippen in einem tiefen Rot leuchteten.

„*Madame le commissaire*, ich habe nicht viel Zeit. Wie kann ich Ihnen helfen?"

Julie ließ sich unaufgefordert auf die Couch fallen und Sylvain tat es ihr gleich, während ihr Gegenüber in etwas steifer Haltung stehenblieb.

„Wir hätten noch einige Fragen zu ihrem Exmann und würden gerne Ihre Kinder sprechen!", begann Julie das Gespräch.

Madame Delamare räusperte sich.

„Marc, Théo und Vivien sind momentan bei den Großeltern im Luberon. Anschließend habe ich sie auf einer exzellenten Privatschule angemeldet. Sie brauchen Abstand zu den schrecklichen Geschehnissen hier. Schließlich müssen sie erst einmal verkraften, dass ihr Vater sie aus eigenem Willen verlassen hat!"

„Das trifft nicht zu, *madame*.", entgegnete Julie. „Wir sind uns inzwischen sicher, dass *monsieur* Delamare ermordet wurde."

Sie schwieg und beobachtete die Reaktion der Exfrau. Für einen kurzen Moment schienen ihr ihre Gesichtszüge zu entgleisen, ihre Lippen wurden zu schmalen Strichen, die Augenbrauen zuckten nervös und ihr Blick flatterte unruhig im Raum umher. Ein kurzer Moment, dann hatte sie sich und ihre Mimik wieder im Griff.

„Ermordet? Aber von wem denn nur? Und warum?"

„Diese Fragen möchten wir gerne klären. Wann haben Sie Ihren Exmann zuletzt gesehen?"

Madame Delamare setzte zu einer Antwort an, verstummte dann aber und fixierte Julie.

„Brauche ich einen Anwalt? Stehe ich etwa unter Verdacht? Dürfen Sie mich überhaupt befragen?"

Julie seufzte. Die Menschen sahen einfach zu viele Krimis. Sobald ein Polizist eine Frage stellte, beriefen sie sich auf ihre Rechte und schrien nach einem Anwalt. Die Cellistin war da keine Ausnahme.

„*Madame,* wir möchten Ihnen nur ein paar Fragen zum gewaltsamen Ableben Ihres Exmannes stellen. Natürlich steht es Ihnen frei, einen Anwalt zu diesem Gespräch hinzuzuziehen. Ich persönlich sehe dafür aber keinen Grund."

Madame Delamare dachte kurz nach.

„Nun gut, vermutlich haben Sie Recht. Verzeihen Sie meine unhöfliche Reaktion, ich bin nur so aufgewühlt. Erst der tragische Verlust meines Exmannes und nun diese schlimme Nachricht. Mord! Wer um alles in der Welt könnte denn meinen Exmann nur töten wollen?"

Julie fielen da im Kopf sofort einige Kandidaten ein, von der Exfrau bis zum konkurrierenden Nebenbuhler in der Arbeit, aber sie schwieg und kommentierte das Gesagte nur mit einem Schulterzucken.

„Also, ich habe Christophe zuletzt letzte Woche gesehen. Er hat die Kinder zum Mittagessen abgeholt."

„Welchen Eindruck hatten Sie von ihm? Kam er Ihnen anders als sonst vor? Verändert?", hakte Sylvain nach.

„Nein, er war wie immer. Kurz angebunden. Etwas unfreundlich. Ehrlich gesagt wären die Kinder lieber bei mir geblieben. Wissen Sie, die drei haben sich bei mir schon immer wohler gefühlt. Das ist ja auch kein Wunder, schließlich kann ich ihnen ein geregeltes Leben bieten. Das hier ist ihr Elternhaus. Christophe hat in einer Wohnung unweit des *Château* Chevalier gelebt, das war natürlich nicht optimal. Er hat sein Bestes gegeben, aber leider war ihm seine Karriere immer wichtiger als alles andere."

Madame Delamare, wo waren Sie am Morgen, als Ihr Mann ermordet wurde?"

„Sie möchten mein Alibi wissen?", sie starrte Julie empört an.

„Niemals hätte ich ihm etwas getan, schließlich war er der Vater meiner Kinder."

Julie betrachtete die schöne Cellistin. Sie wirkte erschüttert, mitgenommen und strahlte dabei immer noch einen Hauch von Erhabenheit aus.

„Ich habe heute Morgen einen Zeitungsartikel über Sie gelesen, in dem Sie als der aufsteigende Star am Klassikhimmel gefeiert werden, trotz Ihres Alters!"

Die Spitze hatte sich Julie nicht verkneifen können. Ihr Gegenüber hatte das wohl überhört, denn ein geschmeichelter Gesichtsausdruck trat in ihr Gesicht.

„Nun ja, da hat der Reporter wohl etwas übertrieben. Es stimmt, ich bin momentan eine sehr gefragte Cellistin, aber ich stelle meinen Beruf immer hintan. Trotzdem habe ich mich natürlich über den Artikel sehr gefreut. Es kommt nicht oft vor, dass man als Künstlerin auf einer ganzen Seite im Feuilleton besprochen wird, noch dazu hier in der Provinz."

Ein Glanz war in ihre Augen getreten und mit einem Mal ähnelte sie ihrem Konterfei auf dem gemalten Porträt an der Wand. Erhaben, fast wie eine Königin.

Mit Verwunderung stellte Julie fest, dass ihre Gesprächspartnerin sie mit ihrer Art und dem festen Blick in den Augen immer wieder den Gesprächsfaden verlieren ließ. *Madame* Delamare schien mit ihrer Präsenz den ganzen Raum auszufüllen.

„Wo befindet sich denn das Internat, das Ihre Kinder in Zukunft besuchen werden?", versuchte Julie das Gespräch wieder aufzunehmen.

„In der Schweiz", antwortete *madame* Delamare. „Es ist eine der besten Privatschulen in Europa."

Schon wollte Julie aufstehen und sich verabschieden, da fiel ihr ein, dass man ihr immer noch kein Alibi geliefert hatte.

„Sie wollten uns noch Ihr Alibi nennen", kam sie auf ihre eigentliche Frage zurück und lehnte sich vor.

Madame Delamare schien für einen Moment mit sich zu ringen, dann rückte sie jedoch mit der Sprache heraus.

„In der Nacht zum Dienstag war ich mit einem Mann zusammen."

„Und wie ist der Name dieses Herrn?", bohrte Julie nach.

Nun wand sich die Musikerin.

„Nun ja, Sie müssen wissen, dass er verheiratet ist, daher möchte ich seinen Namen nur ungern nennen, schließlich möchte ich ihm keinen Ärger bereiten."

Auf solche Gefühle konnte Julie keine Rücksicht nehmen. Mit aufforderndem Blick wartete sie auf eine Antwort. Das Schweigen zog sich unangenehm in die Länge. Nach einer Weile knickte Édith Delamare ein und hauchte mit einem dramatischen Unterton in der Stimme:

„Michel, Michel Neuf."

„Wo finden wir ihn?"

„Er ist der Inhaber des Restaurants *Au Théatre*. Bitte gehen Sie diskret vor.

„Bitte bleiben Sie erreichbar, *madame* Delamare. Ich würde an Ihrer Stelle aktuell davon absehen, zu verreisen!"

„Bin ich etwa verdächtig?", brüskierte sich die Dame, aber da waren die beiden Polizisten schon aus der Tür.

***

Im Auto schüttelte Julie immer wieder den Kopf über das Gespräch mit der Cellistin. „Was denkst du über sie? Glaubst du ihr?"

Sylvain schüttelte den Kopf-.

„Überhaupt nicht. Die ist ein Karrieremensch, der nur an sich denkt. Die Frage ist: Ist sie eine Mörderin?"

„Was würde denn der Tod ihres Exmannes finanziell für sie bringen? Schließlich fiele der Unterhalt weg und der ist doch sehr hoch!", überlegte Julie.

Sylvain kramte in seinem Rucksack und zog eine Mappe hervor.

„Ich habe mir seine Konten genau angeschaut. Beneidenswert. Er hat zwei Girokonten, die gut gefüllt sind. Vom Gehaltskonto gehen alle Fixkosten weg. Der größte Betrag ist hier der Unterhalt für seine Kinder. Ein zweites Girokonto verzeichnet unregelmäßige Einzahlungen, die von seinen freiberuflichen Tätigkeiten als Medienstar herrühren. Das Geld hat er wohl gespart, auf dem Konto befinden sich gute 90.000 Euro."

„Wie bitte?" Julie hatte sich gerade hingesetzt.

„Das ist eine Menge. Sonst noch etwas?"

„Ja", antwortete Sylvain, „es gibt ein Sparbuch, das noch aus der Zeit vor seiner Ehe stammt. Darauf liegen über 100.000 Euro. Arm war er also nicht!"

Julie nickte. Christophe Delamare war wohlhabend gewesen und hatte eine Stange Geld auf der hohen Kante gehabt. Wer würde nach seinem Tod erben? Sylvain beantwortete ihr die unausgesprochene Frage.

„Es gibt ein Testament, in dem er seine drei Kinder zu den Alleinerben macht. Verwandtschaft, die etwas einfordern könnte, gibt es keine. Interessant ist ein Extravermerk im Testament. Das gesamte Erbe soll bis zur Volljährigkeit der Kinder vom Notar treuhänderisch verwaltet werden."

„Ob Édith Delamare davon wusste?", grübelte Julie.

„Wenn nicht, dann haben wir auf jeden Fall ein Mordmotiv. Er stirbt und die Kinder erben. Sie als Sorgeberechtigte verwaltet dann das Erbe bis die Kinder volljährig sind. Allerdings wissen wir nicht, ob sie wusste, dass er so viel Geld besaß!"

„Ich denke schon", überlegte Julie.

„Bei der Scheidung muss man ja alle Konten offenlegen. Jedenfalls war das bei meiner Scheidung so. Sie hat also sicher gewusst, wie viel er auf der hohen Kante hat."

„Was hältst du von ihrem Alibi?", fragte Julie.

Sylvain kramte eine Thermoskanne aus seinem Rucksack, ließ dampfenden Kaffee in einen Pappbecher laufen und reichte ihn seiner Chefin.

„Das müssen wir überprüfen", meinte sie. „Ich glaube, ich kenne ihren geheimnisvollen Geliebten. Letztes

Wochenende war ich mit Samuel in seinem Restaurant ein Glas Wein trinken und wurde Zeuge einer Szene zwischen unserer Cellistin und einem Mann. Ich gehe davon aus, dass es unser Toter war. Wir müssen nur noch herausfinden, worüber sie sich gestritten haben. Aber dieser Michel Neuf ist dazwischengegangen und hat den Mann aus dem Lokal geworfen. Anschließend hat er sich um die Diva gekümmert. Ich würde vorschlagen, wir fahren da gleich mal hin!"

***

Das Restaurant *Au Théatre* lag zentral und zog vor allem Theatergänger an. Da die Zeit für das *déjeuner* schon vorbei war, betraten sie einen fast leeren Gastraum. Zwei Servicekräfte kehrten geraden den Boden und wischten die Speisekarten, die in Leder gebunden waren, mit einem feuchten Lappen ab. Chopin klimperte aus großen, weißen Lautsprechern, die in den Ecken der Zimmerdecke befestigt waren. Der Geruch von Reinigungsmitteln lag in der Luft. Aus der Küche klangen Geschirrgeklapper und leise Stimmen. Julie nannte einer Servicekraft ihr Anliegen und die Frau verschwand in der Küche. Sylvain hatte eine Speisekarte aufgeschlagen.

„Das hört sich doch gut an. Rochenflügel in Kapernsauce mit in Honig gedünstetem Chicorée. Dazu ein Gläschen Sauvignon Blanc!", las er vor.

„Die Küche ist zwar schon zu, aber ich mache gerne eine Ausnahme!"

Ein Mann war aus der Küche getreten und eilte auf die beiden Polizisten zu. Julie erkannte ihn wieder, es war der Mann, der zwischen die Streitenden gegangen war. *Madame* Delamares Geliebter, der verheiratete Restaurantbesitzer.

„Wollen Sie einen Tisch am Fenster?"

Julie schüttelte, zu Sylvains Enttäuschung den Kopf und zückte ihren Ausweis.

„Kriminalpolizei, mein Name ist *commissaire* Roche, mein Kollege, *sous-lieutenant* O'Sullivan. Wir müssen mit Ihnen sprechen!"

Sein Gesicht drückte Überraschung und eine Spur von Neugier aus. Und noch etwas spürte Julie: Nervosität. Michel Neuf fuhr sich mit der Hand durch das dunkle Haar. Schweißperlen bildeten sich auf seiner Stirn. Anscheinend war er kein Idiot und konnte sich ausmalen, dass die Präsenz der Kriminalpolizei in seinem Restaurant etwas mit dem Tod des Exmannes seiner Geliebten zu tun hatte. Julie konnte sich gut vorstellen, welche Gedanken nun durch seinen Kopf schossen. Anstatt sie zu dem schönen Fensterplatz zu geleiten, auf den er noch zuvor gezeigt hatte, lotste er sie nun in eine Nische, weit weg von der Küche und den Angestellten, die immer noch fleißig im Gastraum zugange waren.

„Es geht um *madame* Delamare, oder?", begann er von sich aus und es war offensichtlich, welch Unbehagen ihm dieses Gespräch bereitete.

Julie bejahte.

„Sie haben eine Affäre mit ihr?"

Neuf nickte und betrachtete konzentriert seine ineinander verschlungenen Finger.

„Es stimmt, Édith und ich, wir sind ein Paar. Es ist nicht einfach nur eine Affäre, wir lieben uns. Man kann sich die Liebe im Leben nicht immer aussuchen. Manchmal klopft sie plötzlich an und man entkommt ihr nicht. Ich mag meine Frau, sie ist nett und fleißig. Aber es gibt keine romantischen Gefühle mehr zwischen uns. Wir leben eine Zweckehe. Daher sehe ich meine Beziehung zu Édith auch nicht als Betrügen an. Sie ist die emotionale Ergänzung, die ich zu meiner sachlichen Ehe brauche."

„Man kann sich aber auch wirklich alles gut reden", schoss es Julie durch den Kopf, bevor sie wieder Sylvains Frage aufgriff.

„Seit wann sind Sie ein Paar?"

„Seit einem guten halben Jahr. Sie war hier Stammgast, kam oft nach Konzerten in mein Restaurant. Irgendwie hat es sofort gefunkt!"

Er schnippte mit Daumen und Mittelfinger der rechten Hand in die Luft, so als wolle er etwas zaubern.

„Wie funktioniert Ihre Affäre? Wo treffen Sie sich?"

Das Gespräch schien Neuf anzustrengen. Schweiß rann seine Stirn hinab.

„Ich habe über dem Restaurant eine kleine Wohnung, in der ich immer schlafe, wenn ich lang arbeiten muss. Wissen Sie, meine Familie wohnt in Saint Malo."

Er machte eine Handbewegung, die wohl die Himmelsrichtung anzeigen sollte, in der das kleine Piratennest lag.

„Und in dieser Wohnung haben Sie sich mit *madame* Delamare getroffen? Wie oft?", hakte Sylvain nach.

„Drei oder vier Mal in der Woche. Meist kam sie zum Essen ins Restaurant und anschließend sind wir nach oben gegangen, erst sie und dann ich, damit keinem etwas auffällt!"

„Hat sie Ihnen von ihrem Exmann erzählt?"

Neuf schnaubte hörbar.

„Von diesem Monster?"

Er verdrehte die Augen und machte keinen Hehl aus seiner Abneigung.

„Ja, das hat sie. Davon, wie schlecht er sie behandelt hat. Wie wenig er sich gekümmert hat. Es war furchtbar mit ansehen zu müssen, wie sie darunter litt. Und trotzdem hat sie ihn immer noch verteidigt. Sie hat so ein gutes Herz!"

Ein Lächeln, warm und voller Zuneigung, blitzte in seinem Gesicht auf.

Julie erkannte, dass sie hier nicht viel Neues erfahren würden. Dieser Kerl war hoffnungslos in die Cellistin verliebt und sah alles durch eine rosarote Brille. Brauchbare Informationen würde er ihnen nicht geben können. Daher überprüfte sie noch schnell das Alibi, das *madame* Delamare ihnen für den Mordzeitpunkt gegeben hatte. Dann verabschiedeten sich die beiden Polizisten von dem erleichtert aufatmenden Restaurantbesitzer.

***

Jean Madelaine machte einen mitleiderregenden Eindruck. Sein Dreitagebart war grau, die ebenfalls grauen Haare standen wirr vom Kopf ab. Furchen durchzogen sein Gesicht. Mit glasigen, müden Augen fixierte er Samuel, der ihm gerade ein Glas Wasser brachte.

„Ich kann Ihnen sicher nichts Gutes über Christophe erzählen", knurrte er und seiner Stimme hörte man die vielen Zigaretten an, die er in den letzten Jahren geraucht haben musste.

„Es würde mir schon mal reichen, wenn Sie mir ein gutes Alibi für den Mordzeitpunkt nennen könnten", entgegnete Samuel und ließ sich mit einer Tasse Kaffee auf einem der ungemütlichen Klappstühle im Befragungsraum nieder. Es roch nach abgestandener Luft und Samuel hätte nur zu gerne ein Fenster geöffnet, aber hier unten im Keller gab es keine. Die Wände und der Fußboden waren weiß gekachelt. Samuel hatte gehört, dass hier früher ein Krankenhaus gewesen war und die Befragungsräume in die frühere Leichenhalle gelegt worden waren. Das würde die Kacheln erklären. Aber Samuel war sich nicht sicher, ob das nicht einfach nur Gerüchte waren. Er wollte Julie fragen, sobald er sie wiedersah. Schnell warf er einen Blick auf seine Uhr. Sie müsste jetzt bei der Exfrau sein. Gerne hätte er mit ihr getauscht und die hübsche Cellistin anstelle des alten Säufers hier befragt. Aber sie war die Chefin und hatte seinen Tag nun mal so geplant. Samuel war gespannt, was sie Neues zu berichten hatte, wenn sie sich später im Büro trafen.

„Keine Ahnung, wie war die Frage?"

Jean Madelaine hob die Augenbrauen. Sein Atem roch süßlich nach billigem Schnaps und Verwesung. Sein Äußeres war so ungepflegt, dass Samuel es sich nicht vorstellen konnte, wie jemand ein Gericht, das dieser Typ gekocht hatte, würde essen wollen. Aber als *rôtisseur* hatte er wohl trotzdem einen guten Ruf.

„Wo Sie zur Tatzeit waren? Ob Sie ein Alibi haben?", bohrte Samuel nach.

Kopfschütteln. Dem folgte ein langer, ausgiebiger Gähner.

„Ich war daheim, habe meinen Rausch ausgeschlafen. Als der Wecker zur Arbeit klingelte, habe ich ihn ausgemacht und eine Nachricht an meine Chefin geschickt. Krank! Es ging mir nicht gut, hatte am Abend vorher wohl ein Glas zu viel!"

Er lachte kehlig und Samuel erkannte eine Reihe ungerader Zähne.

„Kann Ihre Frau das bezeugen?"

Wieder Kopfschütteln.

„Die war über Nacht bei ihrer Mutter."

„Kann irgendjemand das bezeugen?"

„Meine Katze", kam die Antwort.

Samuel platzte nun der Geduldsfaden. Er hatte nicht die Zeit, sich das Theater dieses versoffenen Clowns anzuhören. Mit der flachen Hand schlug er auf den Tisch, dass der Kaffee, den er sich aus dem Büro mitgenommen hatte, aus dem Pappbecher auf den Tisch schwappte.

„Es reicht mir, Madeleine. Ein Mensch wurde ermordet. Und laut einigen Aussagen von Kollegen aus Ihrem Arbeitsumfeld, haben Sie sich nicht besonders gut mit ihm verstanden. Daher sprechen Sie jetzt, oder ich behalte Sie fürs Erste hier."

Eine leere Drohung. Nichts hatte er gegen den Koch in der Hand. Würde der auf seinem Recht bestehen, einen Anwalt anzurufen, stünde Samuel blöd da. Aber von seinen Rechten schien der Mann im Moment nur wenig Ahnung zu haben, denn die haltlose Drohung des Polizisten wirkte. Madeleine wurde unruhig, rutschte nervös hin und her und legte schließlich beide Zeigefinger an seine Schläfen, bevor er zu sprechen begann.

„Ich kenne Christophe schon lange. Zu lange. Mit dem gab es immer nur Ärger."

Er verstummte, unterbrach kurz, um zu gähnen, und senkte dann den Blick, so als ob er bereits alles gesagt hätte.

„Weiter!", forderte Samuel und erhob sich. Ungeduldig lief er auf und ab.

„Warum gab es immer Ärger mit ihm? Und woher kannten Sie ihn?"

„Ich habe Christophe schon lange vor dem *Château* kennengelernt. Wir waren beiden Köche, man kannte sich. Damals waren wir Freunde. Beste Freunde vielleicht sogar. Irgendwann erzählte ich ihm von meinem Traum. Ein eigenes Restaurant weit weg, am besten in der Karibik. Immer gutes Wetter, nichts als Sand und blaues Wasser weit und breit. Er war sofort Feuer und Flamme. Allein hätte ich mich diesen Schritt nie zu gehen gewagt, aber mit Christophe schien alles möglich zu sein. Er hatte etwas Geld auf die Seite gelegt, nicht so viel, dass es für einen Neustart gereicht hätte, aber ich hatte damals geerbt, so dass es mir möglich war, eine große Summe vorzuschießen. Gemeinsam wanderten wir aus und bauten uns auf Guadeloupe ein neues Leben auf."

Er rieb sich die Augen und Samuel meinte trotz des fahlen Lichtes eine Träne zu sehen, die langsam und verloren seine Wange hinabrann.

„Weiter", sagte er wieder, diesmal aber leiser und nicht mehr so fordernd. Nun, das spürte er, würde Madelaine alles erzählen. Der Damm war gebrochen.

„Anfangs lief es großartig. Wir fanden ein geeignetes Restaurant, bauten ein Team auf und machten kräftig Werbung. Es dauerte nicht lange, bis sie uns den Laden einrannten. Es war eine anstrengende, aber intensive und spannende Zeit. Bis es zu..."

Er verstummte und rang sichtlich nach Worten. Inzwischen liefen die Tränen in Bächen die Wangen hinab, aber er machte sich nicht die Mühe, sie wegzuwischen. Es waren ohnehin zu viele.

„Bis was passierte?", hakte Samuel nach und setzte sich seinem Gesprächspartner wieder gegenüber auf den Stuhl.

„Es ging schief. Wir verstanden uns nicht mehr. Christophe trank. Irgendwann ging alles den Bach runter. Die Gäste blieben aus, wir konnten die laufenden Kosten nicht mehr decken und dann war Christophe plötzlich weg. Von einem Tag auf den anderen. Einfach verschwunden. Ich wachte morgens auf und seine Sachen waren fort. Unseren Jeep fand man später am Flughafen. Er hatte sich aus dem Staub gemacht, dieser miese Kerl!"

Madelaine hatte sich in Rage geredet. Seine vorher müden Augen begannen wütend zu funkeln und er gestikulierte wild mit seinen Händen.

„Zwei Monate hielt ich es noch aus, dann war ich am Ende. Völlig ausgebrannt. Ich saß auf einem Schuldenberg, das Restaurant war dicht und ich war völlig allein. Als ich nach Frankreich zurückkehrte, hatte ich nichts. Ich lebte zuerst bei meinen Eltern, schlug mich mit Aushilfsjob durch und fühlte mich als totaler Verlierer. Und eines Abends, Jahre später, als ich mit meinen Eltern vor dem Fernseher saß, fielen mir fast die Augen aus dem Kopf. Da sitzt dieses Arschloch von Christophe doch glatt freundlich lächelnd in einer Talkshow und lässt sich als neuer Stern am französischen Sternekochhimmel feiern. Er – der alles in den Sand gesetzt hat. Er – der mein ganzes Leben zerstört hat. Ich habe mich dann über ihn schlaugemacht. Eine Karriere als Fernsehkoch hat er hingelegt, viel Geld dabei verdient und eine schöne Frau geheiratet. Und ich war immer noch allein und pleite."

Er atmete schwer und alkoholschwere Luft waberte vor seinem Gesicht. Samuel bemerkte, dass das Sprechen ihn anstrengte. Seine Stirn glänzte und Nase und Wangen waren ungesund rot angelaufen.

„Und dann haben Sie ihn plötzlich wiedergetroffen?"

„Nach einiger Zeit ohne Kohle und Perspektiven verhalf mir ein alter Freund aus der Gastroszene zu einem Vorstellungsgespräch im *Château*. Ein Traumjob – ich hätte mich nur um den Bereich Meeresfrüchte und Fisch gekümmert. Etwas Besseres gibt es in der bretonischen Küche doch nicht. Die Stelle des *poissonniers*, um die ich mich eigentlich beworben hatte, war allerdings leider schon vergeben, wie man mir beim Gespräch mitteilte. Aber man bot mir die Position des *rôtisseurs* an. Nicht mein Spezialgebiet, aber damals hätte ich alles angenommen."

„Und dann", ergänzte Samuel, „mussten Sie erkennen, dass Christophe Delamare Ihnen nicht nur Ihr Leben zerstört und Ihr Erbe verprasst hatte, sondern Ihnen nun auch den Traumjob vor der Nase weggeschnappt hatte. Das muss bitter für Sie gewesen sein!"

Madelaine schnaubte laut und verzog verächtlich den Mund.

„Er hat sich in der Küche wie der Chef aufgespielt. Wollte mir erzählen, was ich zu tun hätte. Kein Wort des Bedauerns, keine Entschuldigung."

„Haben Sie jemals über Ihre gemeinsame Vergangenheit gesprochen?", fragte Samuel und bemerkte, wie sein Magen knurrte. Der Tag war bereits fortgeschritten und er hatte heute viel geleistet. Mit Vorfreude blickte er auf den Abend, der vor ihm lag. Schon oft hatte er von Dianes beeindruckenden Kochkünsten gehört. Er mochte die herzliche Frau und auch Alain war ihm in der kurzen Zeit, die er ihn erst kannte, ans Herz gewachsen. Sie hatten sich schon oft im Büro unterhalten, aber dies war ihr erster, großer gemeinsamer Fall und die Zusammenarbeit gestaltete sich bisher sehr gut. Auch Julie schien mit ihm auszukommen, was nicht selbstverständlich war. Aber mit seiner ruhigen, freundlichen Art kam man gar nicht umhin, Alain zu mögen.

„...öfters versucht, aber er wollte seine Schuld einfach nicht einsehen!"

Samuel schreckte auf. Für einen kurzen Moment war er in Gedanken abgeschweift und hatte dem nun immer müder und erschöpfter wirkenden Mann gar nicht mehr zugehört.

Der fuhr fort, seine Beziehung zum Mordopfer auszuführen.

„Mehrmals habe ich ihn gefragt, ob wir ein Bier trinken und darüber sprechen wollen. Ich wollte mein Geld zurück. Ich hatte ja alles verloren. Aber er wollte nie über die Vergangenheit sprechen."

Samuel lehnte sich im Stuhl zurück. Vor ihm saß ein Mann ohne Alibi, dafür aber mit einem handfesten Motiv. Dennoch musste er ihn erstmal gehen lassen, solange, bis sie gerichtstaugliche Beweise vorlegen konnten. Aber das, da war sich Samuel sicher, war nur eine Frage der Zeit. Ein Lächeln glitt über sein Gesicht. Es sah so aus, als ob sie heute den Mörder von Christophe Delamare geschnappt hatten.

***

„Was macht denn dieser eitle Kerl hier?", flüsterte Julie der Gastgeberin zu und warf einen verstohlenen Blick in Richtung des Pariser Profilers, der sich gerade breitschultrig vor Samuel aufgebaut hatte, um über seine neuesten Workshops zu berichten, die er kürzlich in den USA beim FBI absolviert hatte. Samuel blinzelte in Julies Richtung, aber sie ignorierte seinen Hilfeschrei und wandte sich wieder Diane zu, die gerade dabei war, die Kartoffeln in einer großen, gusseisernen Pfanne zu schwenken. Es duftete herrlich. Die Wohnküche der Durands war quadratisch und die größte Küche, die Julie je gesehen hatte. An der Wand hingen unzählige Pfannen aus Gusseisen und Kupfer. Von Haken über dem großen Gasherd baumelten Kochlöffel, Schöpfkellen, Kartoffelstampfer und unzählige, weitere Küchenutensilien, die Julie in ihrer kleinen Küche noch nie benutzt hatte. Im Porzellanbecken lag bereits ein großes Sieb, in dem sorgsam gezupfte Salatblätter auf ihre Weiterverarbeitung warteten.

„Er hat sich selbst eingeladen", beantwortete Diane die Frage. „Am Nachmittag klingelte plötzlich mein Telefon und er hat gesagt, dass er von unserem kulinarischen Teammeeting gehört habe und nachfragen wollte, was er mitbringen könne. Da war es dann schwer, ihm zu sagen, dass er eigentlich gar nicht eingeplant war."

„Wahrscheinlich ist er auf solche Tricks angewiesen, um wenigstens etwas soziales Leben zu genießen", mutmaßte Julie. Auch wenn er in seiner Wissenschaft eine Berühmtheit war, im Privaten stieß seine selbstverliebte und arrogante Art sicherlich oft auf Abwehr. Während dieser Gedanke durch ihren Kopf strich, erkannte Julie, dass es vielen

Menschen mit ihr vielleicht ähnlich ging. Sie war zwar weder arrogant noch selbstverliebt, aber wie oft hatte Frank, ihr Exmann, ihr vorgeworfen, in sich gezogen und zu still zu sein. Sie könne keine Gefühle teilen und auch ihre Empathie ließe zu wünschen übrig. Genau das waren seine Worte gewesen, nur kurz bevor er ihr mitgeteilt hatte, dass er eine neue Frau kennengelernt hatte und sie verlassen würde. Julie seufzte. Auch Yanik, ihren ehemaligen Kollegen und besten Freund hatte sie mit ihrer Art vergrault. Und dass es mit Samuel so gut lief, lag sicherlich nicht an ihr, sondern an seiner bewundernswerten Geduld, die er ihr gegenüber immer aufbrachte.

Alain kam in die Küche und schlang von hinten seine Arme um Diane. Diese kicherte, drehte sich um und erwiderte seine Umarmung.

„Ich hole den Cremant und du kümmerst dich ums Essen!", sagte der Spurensicherer und zwinkerte Julie nett zu, während er zum Regal ging und mehrere hohe Sektgläser herausholte.

Julie fühlte sich wohl. In der Küche war es warm und Dianes Anwesenheit war beruhigend. Sie erzählte viel, ohne dass es Julie störte. Sie hörte ihrer herzlichen, angenehmen Stimme gerne zu. Im Hintergrund lief das Radio, irgendein bekanntes klassisches Stück, das Julie aber nicht zuordnen konnte. Anders Diane, die das Radio lauter drehte und gut gelaunt weiterredete:

„Das sind die *Vier Jahreszeiten* von Vivaldi. Alain liebt das. Er sagt, klassische Musik beruhigt ihn. Es gäbe nichts Besseres als eine Mozartsymphonie oder ein gutes Streichquartett, das ein Stück von Schubert spielt – und dazu ein Glas guten Rotwein auf der Couch vor dem Kamin. Das ist sein perfekter Abend. Kein Wunder, dass er bei seinem anstrengenden Beruf diesen Ausgleich braucht. Und natürlich seine Autos. Wusstest du, dass er zwei Oldtimer in der Garage stehen hat? An den Wochenenden bastelt er gerne daran herum."

Sie quasselte weiter, erzählten von Opern und klassischen Konzerten, die sie schon gemeinsam besucht hatte und verriet Julie, dass sie ihrem Mann zum anstehenden Geburtstag eine Reise nach Dresden in die Semperoper schenken wollte, wo irgendeine Oper aufgeführt wurde, von der Julie noch nie gehört hatte. Dianes Stimme, das Brodeln des Kochtopfs, in dem das Gemüse vor sich hin köchelte und das leise, monotone Rauschen der Stimmen, die aus dem Wohnzimmer zu ihnen hinüberdrangen, versetzte Julie in eine völlig entspannte Stimmung. Das erste Mal, seit sie in diesem Fall ermittelten, konnte sie all den Stress, den so eine Ermittlung mit sich brachte, abwerfen.

Während Diane das Essen fertigstellte, blieb Julie deshalb in der Küche, anstatt zu den anderen ins Wohnzimmer zu gehen. Gelegentlich ging sie ihr zur Hand. Sie mochte die liebenswerte Frau, die so versiert und mit fester Hand ihren großen Haushalt führte. Das Haus, ein altes *manoir*, war wirklich sehr groß und verwinkelt. Alain hatte ihr bereits vor Jahren das Haus gezeigt und ihr die ganze, lange Geschichte davon erzählt. Das herrschaftliche Landhaus hatte das Ehepaar vor Langem geerbt und liebevoll hergerichtet.

Julie fragte sich, was seine einzigen beiden Bewohner wohl mit den vielen Räumen machten. Kinder hatten die beiden nicht. Julie hatte nie nachgefragt, warum. Diane erschien ihr nicht nur als perfekte Hausfrau, sondern auch als Mutter sehr geeignet.

„An den Tisch!", riss sie die Stimme der Köchin aus ihren Gedanken und als sie den saftigen Lammbraten sah, der in einem Beet aus Wurzelgemüse und Kräutern lag, lief ihr das Wasser im Mund zusammen.

Später, nach dem Hauptgang, der von allen in höchsten Tönen gelobt worden war, servierte Diane noch eine *tarte tatin*, ein Apfelkuchen aus Blätterteig, den Alain mit etwas Calvados übergoss und flambierte.

Als sich die Runde mit einem Schnaps und einem Bier in der Hand auf dem Sofa vor dem Kamin versammelte, landete das Gespräch bald wieder beim aktuellen Fall.

„Ich denke, es war der Kollege, dieser Jean Madelaine. Er hat ein starkes Motiv - Rache", begann Samuel und berichtete von seiner Befragung am Nachmittag.

„Er hat sein ganzes Erbe in dieses Karibikprojekt gesteckt und Delamare hat es wohl versoffen und ist dann einfach abgehauen. Das hinterlässt Spuren!"

„Wir wissen ja noch gar nicht, ob das überhaupt stimmt", warf Julie ein, wurde aber von Sylvain unterbrochen.

„Ich habe da mal weiterrecherchiert. Es stimmt, dass sich die beiden Köche schon lange kannten und wohl gute Freunde waren. Sie haben im gleichen Haus ihre Ausbildung gemacht und ich habe mit ihrem damaligen Ausbilder gesprochen. Seiner Meinung nach war Jean der begabtere Koch der beiden und hätte sofort eine Stelle nach der Ausbildung bekommen. Er ist aber wohl unserem Mordopfer immer hinterhergelaufen und so kam es, dass er, wie Delamare, nach der Ausbildung erstmal nach Paris gegangen ist und dort sein Glück versucht hat. Da muss ihn Delamare dann irgendwie abgehängt haben. Sie hatten dann einige Jahre keinen Kontakt, bis sie plötzlich zusammen in die Karibik gegangen sind. Ich habe mit Madelaines Schwester telefoniert, einer Anwältin aus Marseille. Sie hat die beiden in der Karibik besucht und berichtete mir, dass sie sich gegenseitig nicht guttaten. Es scheint zu stimmen, dass sich Christophe Delamare zu großzügig an der Restaurantbar bedient hat, aber auch Jean Madelaine brachte Altlasten mit."

„Welche?", hakte Alain interessiert nach und streichelte dabei liebevoll über die Wange seiner Frau, die ihm gerade sein Calvadosglas nachfüllte.

„Madelaine leidet wohl schon seit seiner Zeit in Paris an einer Spielsucht. Von der ist er auch in der Ferne nicht losgekommen. Nach Ansicht der Schwester war es nicht Delamares Alkoholproblem, sondern vielmehr die Sucht ihres eigenen Bruders, die das Karibikprojekt zum Scheitern brachte. Sie hat aber auch zugegeben, eine kurze Affäre mit Delamare damals gehabt zu haben, daher bin ich nicht so sicher, wie glaubwürdig ihre Aussage ist."

„Es ist egal, wer wirklich daran schuld ist. Wichtig für uns bleibt, dass Madelaine seinem Geschäftspartner die Schuld am Scheitern gegeben hat. Das ist ein Mordmotiv."
„Und diesen Mord führt er aber erst Jahre später aus? Das halte ich doch für sehr unwahrscheinlich", mischte sich Diane ein und Funken der Begeisterung sprühten aus ihren Augen. Sie konnte Teil einer Mordermittlung sein und das auch noch in ihrem eigenen Wohnzimmer. Julie fühlte sich nicht besonders wohl dabei, dass Alains Frau ihre Gespräche mit anhörte. Gerade als sie das Thema wechseln wollte, erhob sich Diane und verschwand in die Küche.

„Ich denke, es war die Exfrau", lenkte Sylvain nun das Gespräch in eine neue Richtung. „Sie hat auch ein klares Motiv: Geld. Wir wissen, dass Delamare volle Konten hatte. Und wir wissen, dass sie nicht immer die Wahrheit gesagt hat. Das Alibi, das ihr der Liebhaber gibt, halte ich nicht für glaubwürdig."

„Ich habe heute noch etwas herausgefunden", warf Alain ein.

„Anscheinend hatte Delamare vor, im *Château* zu kündigen. In seinem Rucksack befand sich ein Kündigungsschreiben. Allerdings ohne Angabe von Gründen. Hatte nicht die Chefin des Restaurants gesagt, dass sie alle so zufrieden mit ihm waren und er gerne dort gearbeitet hätte? Das passt irgendwie nicht zusammen."

„Ich denke", sagte Julie, „wir sollten das *Château* morgen erneut unter die Lupe nehmen. Ich möchte nochmals mit allen leitenden Angestellten sprechen und auch mit den drei Azubis. Schließlich hat Delamare dort einen Großteil seiner Zeit verbracht."

„Da schließe ich mich Ihnen gerne an!", meldete sich Verveine zu Wort und zückte sogleich sein Handy, um sich den Termin zu notieren. Julie spürte Wut in sich hochkochen und wollte soeben reagieren, als sich Samuel einschaltete.

„Paul, eigentlich bräuchte ich morgen dringend Ihr Fachwissen. Es steht eine erneute Befragung des Verdächtigen Madelaine an. Hier würde ich Sie gerne dabeihaben, damit Sie anschließend eine Einschätzung zu seiner Person abgeben können. Ihre Expertise in diesem Fall ist sehr wichtig und Jean Madelaine ist schließlich einer unserer Hauptverdächtiger."

Mit einem bittenden Blick und einem leicht verschmitzten Lächeln um die Lippen sah er den Profiler an. Julie atmete erleichtert auf. Samuel hatte ihr den Abend gerettet. Einen ganzen Tag mit diesem Schnösel hätte sie nicht durchgehalten. Ein Stein fiel ihr vom Herzen, als dieser schließlich nach kurzem Zögern sagte:

„Lieber Samuel, dann werde ich wohl morgen an Ihrer Seite arbeiten. Bei der Befragung des Hauptverdächtigen darf ich auf keinen Fall fehlen, da haben Sie recht. Julie, mit Ihnen werde ich einen Termin am Abend vereinbaren, damit

Sie mich über ihre Erkenntnisse informieren können, und ich werde Sie Ihnen dann einordnen und erläutern."

„Das kann ich schon selbst! Dazu brauche ich deine Fachexpertise nicht!", dachte Julie bei sich, nickte aber höflich.

Samuel warf sie einen dankbaren Blick zu.

Diane kam zurück ins Wohnzimmer und schenkte der Runde nach. Julie roch an dem Calvados, der ein fruchtiges und volles Aroma hatte. Anders als viele Schnapskenner bevorzugte sie Calvados, der nicht so alt war. Wenn man ihn trank, war es, als bisse man in einen frischen, rotbackigen Apfel.

„Nun Diane, Ihr Essen war wirklich köstlich", wandte sich Verveine an Diane und legte dabei Daumen und Zeigefinger zusammen, die er an den Mund führte und dabei ein schmatzendes Geräusch machte. „Ich kann mir vorstellen, dass es für unseren lieben Alain eine wahre Freude sein muss, mit einer so exzellenten Köchin verheiratet zu sein!"

Seine gestochene Sprache und die eigensinnig nach oben gezogenen Augenbrauen entlockten der sonst immer so freundlichen Diane nur ein schwaches Lächeln.

„Es freut mich, *docteur,* wenn Ihnen mein Essen geschmeckt hat. Ich gebe mein Bestes!"

„Wie Sie sicher schon von den anderen im Team mitbekommen haben, bin auch ich ein guter Koch!", fuhr Paul Verveine fort, und Julie war verwundert, dass er nur ein einfaches ‚gut' bemühte, um seine Fähigkeiten zu beschreiben. Er belehrte sie aber sogleich eines Besseren.

„Meine Freunde loben meine Kreationen immer in den höchsten Tönen. Sie können mich gerne immer anrufen, wenn Sie kulinarische Tipps benötigen", sagte er zu Diane gewandt, die ein gequältes Nicken hervorbrachte.

„Etwas Feinschliff und ihre Speisen werden ihre Gäste verzaubern", fuhr er fort, um dann hinterherzuschieben:

„Aber verstehen Sie mich nicht falsch: Für einen netten Abend unter Freunden wie hier war Ihr Essen perfekt." Er blickte in die Runde.

„Aber wenn Sie mal für anspruchsvolleres Publikum kochen müssen..."

„Muss Sie ja zum Glück nicht", unterbrach ihn Alain und ergriff die Hand seiner Frau. „Sie hat ja nur Kulturbanausen und Volltrottel wie mich oder meine werten Kollegen zu versorgen!"

Mit einer ausladenden Bewegung, die alle umfasste, auch den Profiler, rundete er das Gesagte ab.

Paul Verveine räusperte sich, etwas peinlich berührt, aber Julie vermutete, dass nicht seine eigenen verbalen Fehltritte der Grund für dieses Gefühl waren, sondern Alains Beleidigung, sie alle, er inbegriffen, seien Volltrottel.

„Nun ja, mein lieber Alain", versuchte er dann doch die Situation zu retten, „Sie waren schon immer ein Witzbold. Meine gute Diane, ich wollte Sie natürlich nicht kritisieren. Sicherlich schätzt Ihre Familie Ihre Kochkünste hoch ein. Ihren Kindern schmeckt diese Hausmannskost sicherlich gut."

Bei Verveines letztem Satz hatte sich Dianes Mine verdunkelt und ein Schatten legte sich auf ihr sonst so fröhliches Gesicht. Ruckartig erhob sie sich und murmelte ein kurzes *au revoir et bonne nuit*. Dann verschwand sie aus dem Wohnzimmer, ohne sich noch einmal umzusehen. Verdattert blickten ihr alle hinterher.

Nur Verveine grinste erhaben und merkte an: „Kritik ist die Gute wohl nicht gewohnt, was? Dabei ist es doch so wichtig, im Leben kritisiert zu werden. Positive Kritik, richtig geäußert, bringt uns weiter, hilft uns, unseren Horizont zu erweitern."

„Alain, ich danke dir für die tolle Einladung. Bitte entschuldige, dass nicht jeder aus meinem Team weiß, wie man sich als Gast zu benehmen hat. Sag Diane liebe Grüße. Ich werde sie morgen anrufen und mich nochmal persönlich bedanken. Kommt Kollegen! wir fahren nach Hause!" Mit diesen Worten ging Julie zur Tür.

Donnerstagfrüh

Die Sonne stand schon hoch am Himmel, als Julie und Samuel zum *Château* fuhren. Samuel hatte seine Chefin in der Früh abgeholt, nachdem die Befragung von Jean Madelaine geplatzt war, und sogleich begonnen, über den Fall zu sprechen. Julie hingegen hatte zwar so getan als würde sie zuhören, hatte aber weite Teile der Fahrt schweigend aus dem Fenster geschaut und gelegentlich an ihrem Kaffee genippt. Ab und zu warf sie Samuel ein *oui, oui* oder ein kurzes *vraiment* zu, damit er das Gefühl bekam, sei würde ihm zuhören. In Wirklichkeit war sie aber ganz woanders. Heute Morgen, als Julie aufgestanden war und sich einen Kaffee in ihrer silbernen *cafétière* gekocht hatte, hatte plötzlich ihr Handy gepiepst. Eine Nachricht. Julie hatte sich das Telefon, den Kaffee und eine Zigarette geschnappt und sich auf die Terrasse gewagt, wo sie sich auf eine kleine Holzbank gesetzt und sich die Wolljacke fest um ihre Schultern gezogen hatte. Der Wind hatte wieder stark geblasen und das Meer war so bewegt gewesen, dass es beinahe bedrohlich gewirkt hatte. Die Sonne war noch nicht aufgegangen gewesen und der Mond war langsam am dämmrigen Morgenhimmel verblasst. Bis auf ein paar vereinzelte Jogger war Julie völlig allein gewesen. Geistesabwesend und müde hatte sie an ihrem Kaffee genippt, als ihr die Nachricht wieder eingefallen war.

Schnell hatte sie sie geöffnet in der Erwartung, Samuels Namen zu lesen. Umso erschrockener war sie gewesen, als sie den Absender der Textnachricht erkannt hatte.

„Du hörst mir überhaupt nicht zu!", vernahm sie Samuels beleidigte Stimme und spürte einen kurzen Schubser gegen ihre Schulter.

„Schläfst du?"

Julie schüttelte den Kopf und leerte ihre Thermoskanne. Ein langer Gähner entkam ihr.

„Du bist doch mit deinen Gedanken ganz woanders?", bohrte Samuel nach, schnappte sich den Kaffeebecher und trank ihn in einem Schluck leer.

„Was ist denn passiert?"

Julie rieb sich die Augen und gähnte erneut. Sollte sie sich Samuel anvertrauen? In den letzten Monaten seit Lisas Tod war er ein echter Freund geworden. Ihre einzige Stütze in dieser Zeit. Wenn sie ehrlich zu sich war, war er der Einzige, der ihr geblieben war. Wem, wenn nicht ihm, sollte sie vertrauen?

„Frank hat sich gemeldet?"

„Frank?" Samuel brauchte einen Moment. „Der Frank? Frank, dein Exmann?"

Julie nickte und bei der Nennung seines Namens zog sich alles in ihr zusammen.

„Er hat geschrieben. In aller Früh."

„Und was wollte er?"

Lautes Hupen hinter ihnen schreckte sie auf. Samuel hatte sich so auf Julie konzentriert, dass er vom Gas gegangen war und nun den Verkehr aufhielt. Schnell beschleunigte er und hob entschuldigend die Hand.

„Keine Ahnung. Es tue ihm leid, hat er geschrieben. Dass er sich alles anders vorgestellt habe und dass er mich vermisse. Vielleicht war er ja betrunken!"

„Oder es ist ihm klargeworden, dass er einen Riesenfehler gemacht hat, als er dich verlassen hat", schlug Samuel vor und sah Julie von der Seite an.

„So einfach verlässt man eine Frau wie dich nicht!"

Julie lachte leise auf.

„Glaub mir, ich habe schon viele in die Flucht geschlagen. Ich denke nicht, dass er es bereut. Vielleicht war es nur so ein Moment."

„Ein Moment, der dich ziemlich aus der Fassung gebracht hat", resümierte Samuel und zog seine Psychozigarette hinter seinem Ohr hervor.

„Hier, die brauchst du jetzt, *jolie Julie*!"

Sie hatten die Küstenstraße verlassen und fuhren nun durch eine flache Heidelandschaft. Am Straßenrand wechselten sich Heidekraut und Ginsterbüsche ab. Es war nur wenig Verkehr, so dass sie zügig vorankamen.

„Hast du ihm geantwortet?"

Julie schüttelte den Kopf.

„Das habe ich abgehakt. Ich habe bei der Scheidung auf jeglichen finanziellen Ausgleich verzichtet, weil ich keinen Kontakt mehr zu ihm wollte. Das soll so bleiben. Es ist vorbei. Nur weil er vielleicht gerade eine Krise mit seiner neuen Frau hat, braucht er nicht denken, dass ich ihn tröste!"

„Richtig so, *ma belle*!", bestärkte sie Samuel und zeigte dann nach vorne.

„Sieh nur, da ist schon das *Château*. Das letzte Mal als wir dort waren, war es neblig und noch fast dunkel. Heute sieht man es in seiner vollen Pracht!"

Schroff und furchteinflößend erhob sich die Wehranlage aus der flachen Heidelandschaft. Während die Mauern zur einen Seite steil zum Meer abfielen, führte eine Zugbrücke auf der anderen Seite über einen tiefen, mit Wasser gefühlten Graben vom *Château* auf die kleine Zufahrtstraße, die sich durch das Heideland schlängelte. Sonst gab es keine Gutshöfe, Häuser oder Ställe in der näheren Umgebung.

„Irgendwie macht es mir Angst", meinte Julie und zeigte auf das Gebäude. Samuel stimmte ihr zu. So einsam und nicht einladend wie die sie umgebende Landschaft war auch diese Schlossanlage.

„Ich möchte mir erst einmal das Anwesen etwas genauer ansehen. Wir haben um zehn Uhr einen Termin mit Audrey Delavallée. Jetzt ist es erst halb zehn. Wir haben also noch genug Zeit."

Sie passierten die Zugbrücke und parkten das Auto im Innenhof. Julie war froh, dass sie feste Turnschuhe und keine hochhackigen Schuhe angezogen hatte, da das Kopfsteinpflaster rau und voller Risse und Ritzen war. Aus ihrer Tasche kramte sie den Lageplan, den ihr Sylvain bei ihrem ersten Besuch des *Châteaus* gegeben hatte. Links vom Gebäude lag eine gepflegte Parkanlage, in deren Mitte ein Springbrunnen stand. Dahinter lag ein Wäldchen.

„Lass uns mal dem Weg hier folgen und nachsehen, was im Wald ist. Laut der Karte müsste dort ein altes Haus sein."

Sie liefen den Weg entlang, passierten ordentliche Beete und Sitzbänke. Im Brunnen lagen allerhand Münzen, die Unmengen an unerfüllten Wünschen symbolisierten. Als sie die Begrenzung des Parkes, eine akribisch zugeschnittene Buchsbaumhecke erreichten, verzweigte sich der Weg. Sie schlugen den Pfad zum Wald ein und folgten ihm wenige Minuten. Das Donnern der Brandung begleitete sie.

Auch dem Wäldchen sah man an, dass es von einem begabten Gärtner gehegt und gepflegt wurde. Die Nadelbäume waren in einer ordentlichen Reihe angepflanzt und immer wieder fand man kleine Bänke, die zum Verweilen einluden. Bald hatten sie die äußere Begrenzung, die Festungsmauer, erreicht und hielten sich nun nach rechts.

„Cathérine Chevalier scheint hier richtig viel Geld hineingesteckt zu haben, um es ihren Gästen angenehm zu machen. Ein schöner Park, ein künstlich angelegter Wald mitten in der sonst so kargen Heidelandschaft. Das war sicher nicht billig."

Julie nickte. Das Konzept schien aber aufzugehen. Die Schroffheit, die einen einerseits abstieß, und andererseits die behagliche Wärme und der Schutz eines gepflegten Waldes. Hier fand der Besucher alles, was er sich nur wünschen konnte, gepaart mit exzellentem Essen im Luxusrestaurant.

Nach nur wenigen Minuten erreichten sie ein altes Steingemäuer, das liebevoll renoviert worden war.

„Das muss eines der Nebengebäude für die Angestellten sein", meinte Julie und zeigte auf den Lageplan. Das Haus war aus groben Steinen erbaut und hatte dunkelbraune Fensterläden, die alle geschlossen waren. Auf einer Bank am Eingang saß ein Mann und rauchte eine Zigarette. Fragend blickte er Samuel und Julie an.

„Kann ich Ihnen helfen?" Er zog so heftig an der Zigarette, dass sich seine Backen nach innen zogen.

„Wir sind von der Polizei und ermitteln im Mordfall Delamare", stellte sich Samuel vor und zeigte seinen Ausweis.

„Und Sie sind…?"

"Yves Richard, *commis de cuisine.*"

"Sie sind also der Jungkoch." Julie ließ sich neben dem Mann auf der Bank nieder und zog nun ebenfalls eine Zigarette aus ihrer Tasche. Samuel lehnte sich gegen die Steinmauer.

„Dürfen wir Ihnen ein paar Fragen stellen?"

„Na klar", antwortete der Koch. „Fragen Sie!"

Julie zückte ihr Notizbuch und nickte Samuel zu. Er sollte fragen und sie würde Wichtiges aufschreiben.

„Kannten Sie das Mordopfer gut?", fragte Samuel und ging in die Hocke um dem Jungkoch beim Sprechen in die Augen sehen zu können.

„Manchmal haben wir nach unserer Schicht ein Bier miteinander getrunken. Er war ein netter Kerl."

„Sie waren also Freunde?", hakte Samuel nach und erntete ein ratloses Kopfschütteln.

„Freunde würde ich nicht sagen. Eher Leidensgenossen."

„Wieso denn das?", ging Julie dazwischen. „Welches Leid haben Sie sich denn geteilt?"

„Wir sind beide zu gut für diesen Laden. Das Küchenteam ist eine Katastrophe. Ohne mich und Christophe wäre der Laden gar nicht gelaufen."

Er warf die Zigarette auf den Boden und trat darauf.

„Wer ist denn die größte Katastrophe?", wollte Julie wissen und erntete für ihre Frage einen lauten Lacher.

„Die richtige Frage wäre: Wer nicht? Fangen wir mit unserer lieben Audrey an. Sie sollte alles im Blick haben, ist aber viel zu unsicher und total unfähig, Entscheidungen zu treffen. Christophe und ich haben ständig für sie einspringen müssen, sie hat die Mitarbeiter überhaupt nicht im Griff. Vom besoffenen *rôtisseur* möchte ich gar nicht anfangen. Der steht manchmal so neben sich, dass er Salz und Zucker verwechselt. Und warum die Azubis ausgewählt wurden, kann ich mir auch nicht erklären. Vincent ist der Sohn von Audrey und hat den Ausbildungsplatz nur bekommen, weil er von der Schule geflogen ist und dringend Arbeit brauchte. Charlotte erfüllt nicht einmal annährend die Kriterien, die für eine solche Stelle gelten. Irgendwie kennt ihr Vater, Éric, die Chefin, daher wurde sie eingestellt. Der Einzige, der was taugt, ist Daniel. Der hat was drauf!"

„Was muss man denn draufhaben, um so eine Stelle zu bekommen?"

„Normalerweise hat man bereits eine Ausbildung, wenn man sich bei Cathérine bewirbt - als Koch, Konditor oder einem ähnlichen Beruf. Außerdem ein oder zwei Jahre Berufserfahrung. Das ist schließlich ein Sternerestaurant und die Chefin legt eigentlich sehr viel Wert darauf, dass auch die Auszubildenden schon etwas Ahnung mitbringen. Woanders mag das anders geregelt sein, aber hier war das schon immer so. Daher war ich auch so überrascht, als Charlotte hier angefangen hat. Bei Vincent war es die Verwandtschaft, aber bei Charlotte?"

Er zuckte mit den Schultern und zündete sich eine neue Zigarette an. Julie überlegte: Charlotte war die Tochter des Fischlieferanten. Der hatte regelmäßig mit dem Mordopfer zu tun gehabt. Vielleicht sollte sie hier genauer nachforschen.

„Wollen Sie mir damit sagen, dass die anderen in der Küche keine guten Köche sind?", überlegte Samuel. Er fand den Jungkoch hochnäsig und unsympathisch. Als wollte er diese Abneigung noch bestätigten, nickte Yves heftig mit dem Kopf.

„Die konnten ja nicht einmal eine anständige Sauce anrühren oder Gemüse auf den Punkt zubereiten. Da fehlte einfach das Handwerk. Die hätten mehr auf meinem Blog nachlesen sollen. Da schreibe ich nicht nur über mein Leben als Koch in einem Luxusrestaurant, sondern ich gebe auch Tipps und verrate meine Tricks. Der Blog ist übrigens auch super erfolgreich", er zwinkerte mit den Augen und schnippte mit Mittelfinger und Daumen.

„Ich habe inzwischen sogar eine große Lebensmittelkette als Sponsor. So habe ich mir ein zweites Standbein geschaffen. Christophe hat das ähnlich gemacht. Er war ja bekannt als Fernsehkoch. Aktuell hat er an einem Buch gearbeitet."

Julie horchte auf.

„Was für ein Buch? Ein Kochbuch?"

„Keine Ahnung", antwortete Yves. „Er hat ein ziemliches Geheimnis daraus gemacht. Ich wollte mal einen Blick darauf werfen, als er auf der Terrasse saß und daran schrieb. Er hat den Laptop sofort zugeklappt, als er mich bemerkt hat."

„Mit wem von der Belegschaft- außer Ihnen - hatte Delamare denn mehr zu tun? Hatte er vielleicht eine Freundin?", wollte Julie wissen.

Nun glitt ein hämisches Lächeln über das Gesicht des Jungkochs.

„Da müssen Sie Audrey fragen. Die kann Ihnen sicher mehr über sein Liebesleben erzählen."

„*Madame* Delavallée, die Schwester von Cathérine, der Chefin?"

„Ja genau die. Ich muss jetzt aber los!"

Er blickte auf seine Uhr. „Meine Schicht fängt gleich an, es ist nicht mehr lange bis zum Mittagessen!"

***

„An was er wohl geschrieben hat?", grübelte Samuel, als sie durch den Wald zurück zum *Château* gingen. Das Gespräch mit dem Jungkoch hatte einige interessante Wendungen genommen.

„Vielleicht ein Kochbuch? Schließlich war er ein Fernsehstar?"

Julie nickte. Das musste es wohl sein.

„Haben wir seinen Laptop?"

Samuel schüttelte den Kopf. „Alain hat nichts davon erwähnt. Ich frage aber schnell nach!"

Geübt und blitzschnell tippte er eine Nachricht in sein Smartphone.

„Was hat er am Ende gemeint, als er auf Audrey anspielte. Denkst du, die beiden, Delamare und sie hatten eine Affäre?"

„Schon möglich", überlegte Julie. „Das werden wir jetzt herausfinden. Unser Termin ist in fünf Minuten. Wir müssen uns beeilen."

Samuels Handy piepste.

„Alain schreibt, dass in seiner Wohnung kein Laptop war. Seltsam, denn von Yves wissen wir, dass er einen besaß. Dem müssen wir nachgehen! Aber er hat etwas anderes entdeckt. In einem Rucksack von Delamare war ein ausgedrucktes Kündigungsschreiben, datiert auf Freitag letzter Woche! Außerdem hat er ein Manuskript gefunden. Vielleicht ist das Delamares Buch?"

„Er wollte kündigen, einen Tag vor seiner Ermordung? Darüber müssen wir gleich mit Cathérine Delavallée sprechen."

Sie liefen den sorgsam angelegten Kiesweg aus dem Wald hinaus, durchquerten den Park und kamen zum Haupteingang. Sie passierten das Eingangstor und fanden sich nun im Inneren der Wehranlage wieder. Das Zentrum bildete ein rechteckiger mit Kopfsteinpflaster ausgelegter Platz, um den herum sich Gebäude eng aneinanderreihten. Vier Steintreppen führten in jeder Ecke einen Aufgang hinauf zu einem offenen Gang, der das ganze Karree im ersten Stock umschloss. Von dort ging es dann weiter in die einzelnen Türme, sowie zur weitläufigen Terrasse über den Klippen, von der Christophe Delamare hinuntergestoßen worden war.

Eine junge Frau in einem Kostüm näherte sich. In ihrer Hand trug sie ein großes, ledernes Buch.

„Haben Sie reserviert? Leider ist das Restaurant noch nicht geöffnet!", sagte sie und blickte die beiden Besucher irritiert an.

„Wir sind von der Polizei", stellte sich Samuel bereits zum zweiten Mal an diesem Tag vor und die beiden zeigten ihre Ausweise.

„Wir haben einen Termin mit Audrey Delavallée!"

„*Madame* Delavallée ist in der Küche. Bitte folgen Sie mir!"

Sie führte die beiden durch eine Sprossentür, die sich gleich links vom Eingang befand. Hier war eine schicke Rezeption, sowie eine gemütlich aussehende Couchgarnitur, die von vollgestellten Bücherregalen umrandet war. Über einen Boden aus weißem Marmor liefen sie einen langen Flur entlang, der mehrfach abzweigte, bis sie schließlich vor einer großen Schwingtür standen. Die Empfangsdame öffnete einen der Flügel und rief in die Küche.

„*Madame* Delavallée, hier sind zwei Herrschaften von der Polizei für sie!"

Aus der Küche drangen lautes Klappern und Klirren. Dann hörte man einen Mann fluchen und kurz darauf eine schrille Frauenstimme, die ihn zurechtwies: „Vincent, du musst besser aufpassen. Jetzt musst du die Sauce nochmal neu anrühren!"

Es ertönte noch ein lauteres Klappern dem ein gezischtes *merde* folgte. Eine Tür wurde laut zugeschlagen, dann war es wieder still.

„Der Filius von *madame* Delavallée", flüsterte die Empfangsdame Julie zu und verdrehte genervt die Augen.

„Sein Temperament geht oft mit ihm durch. Dann kann auch mal ein Teller in der Küche zu Bruch gehen!"

„Céline, gehen Sie sofort an ihren Schreibtisch zurück", unterbrach eine schneidende Stimme die Ausführungen der jungen Dame. „Sie werden nicht fürs Tratschen bezahlt!"

Madame Delavallée war durch die Schwingtür zu ihnen getreten. Ihr Kopf war gerötet und auf ihrer weißen Schürze waren dunkle Saucenflecken zu erkennen. Anscheinend hatte der Wutausbruch ihres Sohnes auch sie selbst erwischt.

„Kommen Sie", wies sie die beiden Polizisten an. „Wir gehen in mein Büro!"

Das Büro lag direkt neben der Küche und war sehr beengend. Außer einem Schreibtisch, zwei Regalen und einer kleinen Sitzgruppe fand sich dort nichts. Keine persönlichen Bilder, nirgendwo eine Kaffeetasse. Es wirkte fast steril. Nur an der Wand hingen zwei gerahmte Auszeichnungen.

„Haben Sie die bei Kochwettbewerben gewonnen?"; fragte Samuel und zeigte darauf.

Audrey nickte. „Ich habe früher einige Auszeichnungen erhalten. Das ist aber lang her!"

Sie seufzte und ließ sich hinter ihrem Schreibtisch auf den Stuhl fallen.

„Sie möchten mich über Christophe befragen, richtig? Nun ja, er war ein guter Koch. Kannte sich bestens mit Fisch und Meeresfrüchten aus. Außerdem war er aufgrund seines Ruhms natürlich auch ein Magnet für die Gäste. Viele kamen nur, um eine seiner berühmten Fischkreationen zu probieren."

„Wie war sein Verhältnis zu den Kollegen und zu seinen Vorgesetzten?"

Sie überlegte einen Moment und legte dabei die Stirn in Falten. Ihre Haare wirkten ungekämmt und Julie erkannte einen verbitterten Zug um ihren Mund.

„Das Verhältnis zu den Kollegen war in Ordnung. Natürlich war es für die anderen nicht leicht, neben einem so charismatischen und berühmten Koch zu arbeiten. Aber er hat seinen Ruhm nicht raushängen lassen."

„Wie war denn Ihr persönliches Verhältnis zu Christophe Delamare?"

Ein kurzes Zucken ihrer Augenlider, dann hatte sie ihre Mimik wieder im Griff.

„Ich würde sagen, es war ein gutes, wertschätzendes Verhältnis. Ich war seine direkte Vorgesetzte und es gab von meiner Seite nie Grund zur Beanstandung!"

„Hatten Sie auch privat mit ihm zu tun?"

„Natürlich nicht", empörte sich die Köchin und stand auf. „Und ich bitte Sie, jetzt zu gehen, denn ich muss wieder in die Küche!"

Samuel und Julie blieben sitzen und ignorierten den offensichtlichen Rauswurf.

„Wie würden Sie denn Ihr Verhältnis zu Ihrer jüngeren Schwester beschreiben?", bohrte Julie in die nächste Wunde.

Audrey atmete tief ein und aus. Das Gespräch schien sie anzustrengen. Schließlich gab sie nach, setzte sich wieder und begann zu erzählen:

„Es ist nicht das Beste, das gebe ich offen zu. Mein Mann hatte einige Probleme mit dem Gesetz. Wie Sie vielleicht wissen, sitzt er aktuell eine mehrjährige Haftstrafe ab. Wir hatten zusammen ein erfolgreiches Restaurant in Paris geführt, aber allein konnte ich es nicht weiter betreiben. Ich musste schließen. Dazu kamen die Gerichts- und Anwaltskosten sowie eine Menge Schulden, die wir noch auf dem Restaurant hatten. Als meine Schwester das *Château* kaufte, sprang ich über meinen Schatten und bat sie um eine Stelle."

„Warum mussten Sie über Ihren Schatten springen? Ist es nicht normal, sich in der Familie gegenseitig zu helfen?", fragte Julie.

Audrey Devallée seufzte und strich sich eine widerspenstige Haarsträhne aus der Stirn.

„Wir standen uns noch nie sehr nahe. Ich bin die Älteste, dann kommt Cathérine, sie ist sieben Jahre jünger als ich. Und dann haben wir noch einen jüngeren Bruder – François. Er lebt in Bordeaux, wir sehen ihn kaum. Wir entstammen einer reichen Pariser Unternehmerfamilie, meine Eltern waren nie da. Ich habe zusammen mit immer wieder wechselnden Kindermädchen und Haushälterinnen meine zwei jüngeren Geschwister aufgezogen. François hat es mir gedankt, wir haben ein gutes Verhältnis bis heute. Cathérine hat sich von mir bevormundet gefühlt, sie wollte sich von ihrer Schwester nichts sagen lassen."

„Gab es Konkurrenz?"

Audrey lächelte traurig.

„Sie war schon immer die Hübschere. Da konnte ich ihr nie das Wasser reichen. Nach meiner Kochlehre habe ich mich sehr schnell hochgearbeitet und in guten Häusern gekocht. Schon bald nach meiner Ausbildung wurde ein Spitzenkoch aus Lyon auf mich aufmerksam und holte mich in sein Team. Einmal kam sogar ein Fernsehteam und hat über mich berichtet. Das hat Cathérine nicht gepasst. Sie stand damals kurz vor dem Abitur und wollte eigentlich irgendetwas mit Mode studieren. Aber als sie sah, dass ich in meinem Beruf so erfolgreich war, konnte sie das nicht so stehen lassen. Sie musste mich übertreffen. Also hat sie auch eine Ausbildung zur Köchin gemacht und dass sie den gleichen Nachnamen wie ich trug und überall erzählte, dass sie meine Schwester sei, hat ihr bei ihrem kometenhaften Aufstieg sicher geholfen."

Sie holte tief Luft und griff nach einem Glas Wasser, das am Couchtisch stand.

„Sie sehen", fuhr sie fort, „wir hatten es nie leicht miteinander. Und es fiel mir sehr schwer, erst um eine Stelle für mich und dann auch noch um einen Ausbildungsplatz für meinen Sohn Vincent zu bitten. Aber es ging nicht anders."

„Und Ihre Schwester hat sogleich zugestimmt, dass Sie hier anfangen?", wunderte sich Julie. Nach allem, was sie bisher über Cathérine Chevalier gehört hatte, erschien ihr das nicht plausibel.

„Ja, das hat sie. Aber sie lässt mich jeden Tag spüren, dass ich hier nur geduldet bin und sie mich jederzeit rauswerfen kann. Mit Vincent kommt sie besser aus, aber unser Verhältnis hat sich durch die Zusammenarbeit eher noch verschlechtert."

Wieder erhob sich *madame* Delavallée und sagte nun, viel milder als noch zuvor: „Ich muss jetzt wirklich in die Küche zurück. Ich kann Ihnen nicht mehr sagen. *Au revoir*!"

***

Als Julie und Samuel wieder in den Hof traten, war es bereits halb zwölf. Die ersten Gäste trafen ein und liefen gut gelaunt auf den Speisesaal zu. Als nächstes stand ein Gespräch mit der Chefin des Hauses an. Während sie auf diese warteten, resümierten sie das Gespräch. Beide waren sich einig, dass Cathérine Chevalier dabei nicht gut weggekommen war.

„Wenn es stimmt, dass Cathérine ihrer Schwester nichts gegönnt hat, dann wäre es doch möglich, dass ihr deren Verhältnis zum Starkoch mächtig gegen den Strich ging. Vielleicht hatte auch sie selbst ein Auge auf ihn geworfen!"

Julie zuckte mit den Schultern. „Fraglich, ob das als Motiv reicht. Aber wir werden sie einfach direkt mit unserem Wissen konfrontieren. Mal sehen, wie sie reagiert."

„Sicher wissen wir es aber noch nicht“, bremste Samuel seine Chefin aus. „Wir haben nur die vage Aussage des Kochs.“

Doch Julie widersprach: „Ich glaube ihm und auch die Reaktion von Audrey, als wir sie auf ihr persönliches Verhältnis zum Toten angesprochen haben, war deutlich. Sie verheimlicht uns etwas. Wir gehen jetzt einfach auf Risiko und schauen, ob ihre Schwester darauf reinfällt.“

Kaum hatte sie den Satz beendet, kam diese schon aus dem Empfangsraum stolziert. Das blonde Haar trug sie diesmal offen. Sie hatte es sich in große Locken legen lassen. Der dunkle Hosenanzug saß perfekt. Sie schob sich eine Sonnenbrille auf die Nase und blickte gen Himmel.

„Die Sonne kommt heraus und ich habe gerade Mittagspause. Können wir eine Runde im Park drehen, während wir uns unterhalten?“

Die beiden Polizisten nickten. Tatsächlich war der Himmel heller geworden, die Wolkendecke war aufgerissen und Sonnenstrahlen spiegelten sich in den glatten Eisenbeschlägen des mächtigen Holztores, durch das die drei nun schritten.

„Wir haben soeben mit Ihrer Schwester gesprochen“, begann Julie das Gespräch. „Sie schien den Toten ja gut gekannt zu haben.“

Cathérine machte ein verwundertes Gesicht.

„Ach ja? Davon wüsste ich nichts. Sie war seine Vorgesetzte, wenn Sie das unter ‚gut kennen‘ verstehen.“

„Das meinen wir aber nicht!“, ging Samuel dazwischen.

„Wir wurden darüber informiert, dass Ihre ältere Schwester und Christophe Delamare ein Verhältnis hatten.“

Ein langes Schweigen trat ein. Cathérine Chevalier ging in großen Schritten voran und strich sich immer wieder eine Locke aus dem Gesicht.

„Was meine Schwester tut, geht mich nichts an", erwiderte sie schließlich, schwieg dann aber sogleich wieder.

„Das bedeutet", hakte Julie nach, „dass Sie von der Beziehung wussten?"

Sie nickte.

„Ich habe es von Vincent, meinem Neffen erfahren. Er wohnt ja mit meiner Schwester zusammen und hat das mitbekommen. Er war genauso unglücklich darüber wie ich. Schließlich wurde er von Christophe ausgebildet."

„Erzählen Sie mir mehr über Vincent?"

Der junge Küchengehilfe war bisher ein weißer Fleck auf ihrer Karte der verdächtigen oder involvierten Personen. Vielleicht konnte seine Tante ihnen etwas mehr über ihn erzählen.

„Vincent hat es nicht immer leicht gehabt. Seine Eltern haben immer viel gearbeitet und hatten daher wenig Zeit für ihn. Dann kam das Steuerdebakel, die Polizei hat ihr ganzes Haus auseinandergenommen und schließlich seinen Vater verhaftet. Das ging nicht spurlos an dem Jungen vorbei. Audrey und ihr Mann haben sich dann scheiden lassen. Die Ehe war aber schon lange davor kaputt. Zu dieser Zeit wurden Vincents Noten immer schlechter. Er hat dauernd im Unterricht gefehlt, wurde beim Ladendiebstahl erwischt und hat sich über die Jahre einige Anzeigen wegen kleinerer Delikte eingefangen. Audrey hat ihn auf ein Internat geschickt, als sie vor fünf Jahren hier bei mir anfing. Aber auch da ist er nicht lange geblieben. Vor einem Jahr hat er dann bei uns eine Ausbildung angefangen."

„Und wie macht er sich?"

„Ganz gut, würde ich sagen. Er macht alles, was man ihm sagt. Er ist vielleicht nicht der gelehrigste aller Schüler, aber er bemüht sich und passt sich an. Und er hat sich seit er hier ist nichts mehr zu Schulden kommen lassen. Ich werte das als Erfolg!"

„Wie war das für Sie, als Sie erfuhren, dass Ihr Starkoch und Ihre Schwester ein Paar sind?"

Cathérine lachte abfällig.

„Sie waren kein Paar. Was hätte denn ein so erfolgreicher und gutaussehender Mann wie Christoph mit einer solch grauen Maus wie meiner Schwester anfangen sollen? Ihm war langweilig, er war allein, die Ehe mit seiner Frau war gescheitert. Audrey war einfach da."

„Dann formuliere ich meine Frage anders: Hat es Ihnen nicht gepasst, dass Christophe und Audrey sich persönlich nahestanden?"

Ihr Gesicht verfinsterte sich.

„Ich heiße es nicht gut, wenn meine Angestellten sich von der Arbeit ablenken lassen. Natürlich kann ich das nicht verbieten, aber meine Zustimmung gibt es für so etwas nicht!"

Julie sah ein, dass es wenig Sinn machte, weiter über dieses Thema zu sprechen, daher kam sie auf einen anderen Punkt, der sie interessierte.

„War Christophe denn zufrieden mit seiner Stelle als Fischkoch?"

Sie nickte eifrig. „Eine bessere Stelle hätte er nicht haben können. Wir sind ein angesehenes Haus, bei uns speist die Prominenz aus Showbiz und Politik. Außerdem bezahle ich gut. Natürlich war er zufrieden."

„Wie erklären Sie es sich dann, dass wir in seinen privaten Unterlagen ein Kündigungsschreiben gefunden haben. Es ist datiert auf den Tag vor seiner Ermordung."

Cathérine Chevalier erblasste.

„Davon wusste ich nichts. Dieses Schreiben hat mich nie erreicht. Nein, er hätte nie gekündigt. Vielleicht war es eine spontane Kurzschlusshandlung. Wissen Sie, wenn er zu viel getrunken hatte, und das kam leider häufig vor, neigte er zu Gefühlsausbrüchen. Vielleicht hat er das Schreiben in einem dieser Momente verfasst."

„Wer hätte denn den Posten von Delamare bekommen, wenn er tatsächlich gekündigt hätte? Oder", korrigierte sich Julie, „wer bekommt jetzt die Stelle?"

Cathérine seufzte: „Aktuell steht ein Aushilfskoch in der Küche. Keine glückliche Lösung, aber wir mussten schnell Ersatz finden. Eigentlich wäre Jean Madelaine für die Stelle bestens geeignet. Er hat *poissonnier* gelernt. Hier hat er viel Erfahrung. Die Arbeit als *rôtisseur* passt ihm gar nicht. Aber er ist in letzter Zeit viel zu unzuverlässig geworden, schließlich ist unsere Fisch- und Meeresfrüchtekarte unser Aushängeschild. Ich befürchte sogar, dass ich ihn nicht nur nicht befördern kann, sondern ihm sogar kündigen muss. Wenn er mal zur Arbeit erscheint, dann kommt er viel zu spät und hat oft eine unerträgliche Fahne. Das kann ich nicht länger dulden."

Sie hatten bereits zweimal den Park durchschritten und *madame* Chevalier blickte nun auf ihre Uhr.

„*Madame le commissaire*, ich muss jetzt los. Die Arbeit wartet. Wenn Sie noch Fragen haben, können Sie meine Sekretärin anrufen. *Au revoir*!"

Mit weiten Schritten lief sie auf das Schloss zu ohne sich noch einmal umzudrehen. Inzwischen stand die Sonne hoch am Himmel. Es war Mittagszeit und Julie merkte, dass ihr Magen laut knurrte. Samuel lachte laut auf:

„Dein Magengrummeln hört man ja bis nach Paris. Komm, ich lade dich zum Mittagessen ein. Lass uns doch ausprobieren, ob der Aushilfskoch hier was taugt!"

Julie stimmte begeistert zu. Der Vormittag war lang gewesen und die vielen Gespräche hatten sie erschöpft. Ein gutes Mittagessen und ein Glas Weißwein würden die Lebensgeister in ihr wieder wecken.

Das Restaurant verteilte sich auf verschiedene Räume. Der große Speisesaal glich einem Rittersaal. In der Mitte stand ein langer, massiver Holztisch, der die ganze Länge des Raumes einnahm. Hieran fanden sicherlich zwanzig Menschen Platz. Kleinere weißgedeckte Tische drückten sich in die kleinen Fensternischen. Einige erlaubten den uneingeschränkten Blick auf den wilden Ozean. Zwei weitere, kleinere Speiseräume befanden sich auf den zwei Ebenen eines der Wehrtürme. Diese Plätze seien aber leider schon alle besetzt, teilte der Kellner Julie und Samuel mit und führte sie zu einem Nischenplatz mit Meerblick. Leise klassische Musik klang aus den Lautsprechern, die von der Decke hingen und die einer Fackel nachgestellten Wandlichter verströmten ein diffuses Licht. Der Saal war gut gefüllt, so dass leises Murmeln in der Luft schwebte und immer wieder Gesprächsfetzen von den anderen Tischen zu Julie und Samuel herüberklangen.

„Der Tod des Meisterkochs ist hier Gesprächsthema Nummer ein!“, fasste Julie zusammen und blickte sich um. Die meisten Tische waren von Pärchen besetzt. Viele schienen Touristen zu sein. Auf ihren Tischen lagen Wanderkarten, Fotoapparate oder Wörterbücher. Das von der Chefin viel gepriesene High Society Publikum war nirgends zu sehen.

Als Julie Samuel an ihren Beobachtungen teilhaben ließ, vermutete der: „Für die gibt es sicher separate Räume, vielleicht die Turmzimmer. Deshalb durften wir da auch nicht rein.“

Der Kellner kam mit einer Tafel, auf der allerlei Gerichte standen. Da man nicht *à la carte* essen konnte, sondern ein Menü auswählen musste, entschieden sich die beiden für das fangfrische Meeresfrüchtemenü. Dazu bestellten sie eine Flasche Sauvignon Blanc.

„Welche der beiden ungleichen Schwestern ist dir unsympathischer?", fragte Julie und lächelte über ihre Frage. Keine der beiden war ihr sonderlich angenehm gewesen, aber zu Cathérine hatte sie überhaupt keinen Zugang gefunden. Ihre Verlorenheit und die Tatsache, dass sie schon einmal im Leben krachend gescheitert war, verliehen Audrey etwas Menschliches. Aber Cathérine wirkte nur erhaben, fast königlich, unnahbar und gnadenlos hochnäsig.

Samuel schien ähnlich zu empfinden. Er nickte wissend und bestätigte damit Julies Eindruck.

Den Rest des Mittagessens verbrachten sie schweigend. Das Menü war gut, aber Julie hatte in kleinen, unscheinbaren Hafenkneipen schon besser gegessen. Dafür war die Aussicht umso schöner. Das Meer war heute ruhiger als das letzte Mal, als sie hier gewesen war, und vereinzelt konnte sie kleine Punkte auf den Wellen sehen - Boote von Fischern oder von Ausflüglern, die das gute Wetter ausnutzten. Als sie beim Nachtisch, einer *mousse au chocolat,* angekommen waren, kam Samuel wieder auf den Fall zu sprechen.

„Der Vormittag war mehr als erfolgreich. Wir wissen jetzt, dass Audrey ein Verhältnis zu unserem Toten hatte. Außerdem schrieb der an einem ominösen Buch und wollte anscheinend kündigen. Wir können zufrieden mit uns sein!"

„Das können wir!", bestätigte Julie und ergänzte nach einem Blick auf ihre Armbanduhr: „Wir müssen los. Wir sind um 13 Uhr im Büro mit dem Rest des Teams verabredet!"

***

Pünktlich hatte sich das ganze Team in Julies und Samuels kleinem Büro versammelt. Paul Verveine war nicht erschienen. Julie hatte ‚vergessen', ihm Bescheid zu sagen. Der Kaffee brodelte in der silbernen *cafetière* auf der Herdplatte und wie immer hatte Diane ihren Mann begleitet und trug ein Tablett voller selbstgebackener Kekse vor sich her, die köstlich dufteten.

„Das sind Lavendelhonig-Rosmarin-Plätzchen, ein Rezept meiner Schwester aus der Provence", erzählte sie stolz und umarmte Julie.

Die bedankte sich nochmal für den netten Abend und ergänzte: „Es tut mir leid, dass Verveine so unhöflich ist. Er weiß nie, wo seine Grenzen sind!"

Diane winkte ab.

„Dafür kannst du doch nichts, Julie. Er hat einfach nur einen wunden Punkt getroffen!"

Und, ihre Stimme senkend, fügte sie hinzu: „Alain und ich haben jahrelang versucht, Kinder zu bekommen. Es hat aber nie geklappt. Du verstehst?"

Julie nickte verständnisvoll. Da war der blöde Kommentar von Verveine natürlich für Diane ein Schlag in den Magen gewesen. Wie gerne hätte sie für ihre eigenen Kinder gekocht, aber es war ihr nicht möglich gewesen. Julie umarmte nochmals Diane und probierte einen Keks. Er schmeckte wirklich umwerfend. Die Süße des Honigs war nicht zu dominant und es schwang ein Hauch von Lavendel mit. Der Rosmarin verlieh dem Ganzen eine herbe Würze.

Nachdem sich Diane verabschiedet hatte, versammelte sich die ganze Mannschaft am Tisch.

Alain begann.

„Ich habe nochmal alle sicher gestellten Unterlagen und Gegenstände durchgeschaut, aber wir haben keinen Laptop gefunden, weder in seiner Wohnung noch in seinen persönlichen Gegenständen im *Château*. Den Ausdruck des Buches habe ich dabei!"

Er reichte es Julie. Es war ein dickes Bündel loser Blätter, die nur durch eine Klammer am oberen linken Ende zusammengehalten wurden.

„Ich habe schon einmal darauf geschaut. Er rechnet darin ziemlich gnadenlos mit jedem aus seinem Umfeld ab. Am schlechtesten kommen seine Exfrau und seine Chefin weg. Letztere soll laut diesem Buch eine Beziehung zu einem Mitarbeiter, dem Fischlieferanten, gehabt haben. Es liest sich stellenweise wie ein Dreigroschenroman."

Alain steckte sich einen Keks in den Mund, kaute ihn genüsslich und spülte dann die Krümel mit einem Schluck Kaffee hinunter.

„Außerdem", fuhr er fort, „haben wir bei der Durchsuchung seiner Wohnung einen Entwurf für einen Verlagsvertrag gefunden. Einer der größten Verlage des Landes wollte sein Buch drucken, die erste Auflage ist mit 150.000 Exemplaren angegeben. Das hätte sicherlich einigen Protagonisten in dem Buch nicht gepasst, wenn so viele Menschen Schlechtes über sich gelesen hätten."

Julie betrachtete das Papierbündel nachdenklich. Hielt sie hier vielleicht das Mordmotiv in ihren Händen? Sie musste es heute Abend ausführlich studieren. Vielleicht fanden sich darin Antworten auf wichtige Fragen.

Als nächstes meldete sich Sylvain zu Wort. Er hatte seinen roten Haarschopf unter einer Wollmütze verborgen und trug einen weiten Pullover. Aufgeregt hantierte er am Beamer herum.

„Ich habe etwas vorbereitet!", eröffnete er seinen Zuhörern und schon erschien das Bild einer Übersicht auf der heruntergelassenen Leinwand. Julie zog anerkennend die Stirn hoch. Akribisch genau hatte er alle verdächtigen und in den Fall involvierten Personen aufgeführt und alles zu ihnen zusammengetragen, was er nur finden konnte. Natürlich fehlte auch das Mordopfer nicht.

Gespannt lauschten alle seinen Ausführungen.

„Neu ist die Aussage eines Nachbarn", begann er, „dass zur Tatzeit Jean Madelaines Auto vor der Garage stand. Ich habe mich erkundigt, er besitzt nur einen Wagen. Er war also, so wie er es auch behauptet, zuhause und hat seinen Rausch ausgeschlafen, oder er muss irgendwie anders zum *Château* gekommen sein, um den Mord zu begehen. Dies wäre allerdings gar nicht so leicht, vor allem um diese Uhrzeit. Öffentliche Verkehrsmittel fahren dort nicht hin. Nur Touristenbusse. Er hätte also ein Auto mieten müssen, was ich überprüft habe - Fehlanzeige. Vielleicht hat er sich eines von einem Freund geliehen? Ich habe herumgefragt, aber keiner wusste etwas. Schließlich bleibt noch die Theorie, dass es einen Mittäter gibt, der ihn gefahren hat."

Alle Vermutungen und Fakten, die Sylvain soeben genannt hatte, waren parallel zu seinen Worten auf der Leinwand erschienen und, wenn sie widerlegt waren, durchgestrichen worden.

„Dann habe ich mir die Schwestern angeschaut!", fuhr er fort und ein Foto von Audrey Delavallée erschien, das offensichtlich aus einer Polizeiakte stammte.

„Sie war sehr erfolgreich, führte mit ihrem Mann zusammen ein Luxusrestaurant. Irgendwann kam ihnen der Fiskus auf die Schliche - das Finanzamt hatte wohl einen Tipp bekommen, dass nicht alle Einnahmen sauber versteuert worden sind. Das hat sich dann als Steuerhinterziehung großen Ausmaßes herausgestellt und beide wurden angeklagt. Sie bekam nur eine Bewährungsstrafe, da sie wohl nicht über alles informiert gewesen war, aber ihr Mann kam ins Gefängnis, wo er auch heute noch einsitzt. Die beiden sind inzwischen geschieden. Der Sohn Vincent kam nach dem ganzen

Debakel etwas auf die schiefe Bahn und macht jetzt eine Ausbildung im Restaurant seiner Tante."

Er holte tief Luft und schlürfte laut einen Schluck Kaffee.

„Was ist mit Cathérine? Hat sie auch eine interessante Vergangenheit?", wollte Julie wissen.

Sylvain schüttelte den Kopf.

„Bei der lief alles nach Plan. Ausbildung, parallel Studium, hatte immer gute Stellen. Das Restaurant im *Château* scheint wirklich eine Goldgrube zu sein. Kaum ein Reise- oder Restaurantführer, in dem sie nicht lobend erwähnt wird."

Weitere Bilder erschienen und Sylvain erläuterte seine Erkenntnisse zu den übrigen Beschäftigten im Restaurant. Bei Charlotte hakte Julie nach.

„Ihr Vater Éric ist der feste Fischlieferant. Eigentlich hätte Christophe wohl Pierre, den Fischer, der den Mord beobachtet hat, lieber gehabt. Warum hielt Cathérine dann so an Éric fest und hat auch noch seine Tochter, entgegen aller Gepflogenheiten bei sich beschäftigt?"

Hierzu wusste Sylvain nichts zu sagen, versprach aber, sich mit dieser Frage zu beschäftigen.

Nachdem auch Samuel und Julie von ihrem Besuch im Restaurant berichtet hatten, beschloss das Team, für heute Schluss zu machen. Es war bereits später Nachmittag und Alain berichtete, dass er schnell nach Hause müsse, da Diane mit einer frisch gekochten Fischsuppe auf ihn warte. Sylvain hatte eine Verabredung im Restaurant mit seiner Freundin und Samuel traf einen Freund in der Kneipe. Zurück blieb Julie. Seufzend steckte sie das Manuskript von Christophe Delamare in ihre Handtasche. Wenigstens hatte sie eine Beschäftigung, wenn sie schon alleine daheim saß. Gerade als sie ihren Stuhl an den Schreibtisch schob, klingelte das Telefon. Fast hätte sie nicht abgehoben, schließlich hatte auch sie sich ihren Feierabend verdient. Aber dann entschied sie sich um. Vielleicht hatte es ja etwas mit dem Fall zu tun.

„*Commissaire Roche, bon soir*!“, meldete sie sich, während sie sich in ihren Bürostuhl fallen ließ. Am anderen Ende war eine Frauenstimme zu hören.

„*Madame* Roche? Hier spricht Audrey Delavallée.“

„*Madame* Delavallée, wie kann ich Ihnen helfen?“, fragte Julie überrascht und war froh, dass sie sich für das Telefonat und nicht für einen schnelleren Feierabend entschieden hatte.

„Ich habe nochmal über unser Gespräch heute nachgedacht. Ich möchte ehrlich zu Ihnen sein: Ich habe Ihnen nicht alles gesagt, was ich weiß.“

Julie setzte sich kerzengerade auf.

„Dann schießen Sie los!“, forderte sie die Frau am anderen Ende auf weiterzureden. Aber diese hatte einen anderen Vorschlag.

„Das möchte ich nicht am Telefon besprechen. Können wir uns morgen in Saint Malo treffen? Kennen Sie die *Crèperie* auf der Stadtmauer? Ich werde um 10 Uhr dort sein und auf sie warten!“

Julie notierte sich Ort und Zeit in ihrem Notizbuch.

„Alles klar, morgen Vormittag. Ich werde da sein. *Au revoir*!“

Für eine kurzen Moment blieb Julie sitzen und überlegte, was ihr Audrey wohl noch sagen wollte. Hattes es etwas mit dem Mordopfer zu tun? Oder war es etwas Familiäres, zum Beispiel Informationen zu ihrer Schwester Cathérine?

„Egal“, dachte Julie. „Darüber muss ich mir jetzt nicht den Kopf zerbrechen. Das erfahre ich noch früh genug!“

Dann schloss sie das Büro hinter sich ab und fuhr nach Hause.

***

Es war ein langer Tag gewesen. Audrey reckte sich müde und streckte alle Glieder. Wegen der vielen Arbeit blieb ihr kaum noch Zeit für Sport, ein Ausgleich, den sie früher dringend gebraucht hatte. Nur Arbeit und dazu noch all der Stress, die Familie und die vielen Geldsorgen setzten ihr zu. Sie ließ sich auf die pinke Couch fallen, die nicht ihre war und sah sich im Wohnzimmer um. Nichts was hier stand gehörte ihr. Nichts von all den Objekten hatte eine Bedeutung für sie, einen Wert. Nachdem erst ihr Restaurant und dann ihre Ehe den Bach herunter gegangen waren, war ihr nichts geblieben.

Und so war sie hier gelandet. Verzweifelt, ohne wirkliche Perspektiven. Und ihr einziger Hoffnungsschimmer war nun auch weg. Zurück blieb nichts als totale Leere. Sie griff nach der Flasche Rotwein, die auf dem Couchtisch stand und schenkte ihr Glas voll. Heute wollte sie einfach nur vergessen. Vergangenes ruhen lassen. Vergessen. Sie nahm einen tiefen Schluck, erhob sich dann mühsam und mit einem Seufzer und ging ins Bad. Auch hier erinnerte sie nichts an das Leben, das sie einmal gehabt hatte. Mit einem Wattebausch entfernte sie ihr Make-up. Dann kämmte sie sich ihr kurzes, dunkles Haar und trug etwas Nachtcreme auf. Nachdem sie in einen gemütlichen Schlafanzug geschlüpft war, zog sie sich noch einen baumwollenen Bademantel über. Die Nächte waren kalt geworden und manchmal hatte sie den Eindruck, dass ihre Wohnung weniger geheizt wurde als der Rest der Räume. Böse Absicht?

Zurück im Wohnzimmer verspürte sie einen Luftzug, der vom Flur zu kommen schien. Tatsächlich stand die Wohnungstür einen Spalt weit offen. Vincents Sportschuhe waren unordentlich in die Mitte des Raumes geworfen. Seine schicken Ausgehschuhe fehlten. Er musste also hier gewesen sein, während sie im Bad gewesen war. Sie bekam ihn, außer in der Küche, kaum noch zu Gesicht. Er war ihr seit dem Umzug ins *Château* fremd geworden. Wie oft hatte sie das Gespräch gesucht, war versöhnlich auf ihn zugegangen. Er aber hatte sie immer wieder abgewiesen. Gab er ihr die Schuld an allem? Sie schloss die Tür und ging zurück ins Wohnzimmer, setzte sich und legte die Füße auf den Couchtisch. Wenn Cathérine das sähe? Audreys Füße auf ihrem Tisch! Die ordentliche, perfekte Cathérine. Ein verächtliches Schnauben entkam ihr. Als Unterstützung getarnt hatte ihre Schwester sie hier angestellt. Seitdem behandelte sie sie wie eine Haushälterin. Dabei war sie, Audrey, doch die erfolgreiche, bekannte Köchin gewesen. Cathérine hatte es doch nur so weit geschafft, weil sie ihrer Schwester nachgeeifert hatte. Aber all das zählte nicht. Audrey war die Verliererin und Cathérine hatte gesiegt. Sie war die Erfolgreiche, die Schöne und die Wohlhabende. Und ihr war nichts geblieben.

Erneut griff sie nach dem Weinglas, atmete den fruchtigen Duft des Getränks ein und nahm einen Schluck. Sie wusste, dass sie zu viel trank. Aber was blieb ihr denn?

Manchmal, nach dem dritten oder vierten Glas Wein, begann sie sich auszumalen, wie ihr Leben sich entwickeln würde. Plötzlich war sie erfolgreich und Cathérine bettelte sie um Hilfe an. Und genauso wie die es stets mit ihr tat, belächelte Audrey in ihren Träumen die Schwester, beleidigte sie und ließ sie einfache Arbeiten verrichten. Sie erträumte sich Interviews mit großen Fernsehsendern, eine eigene Kochsendung und Unmengen an Auszeichnungen. Sie formulierte still die Lobenshymnen, die sich auf Preisverleihungen über sie ergossen, malte sich die prächtigen Kleider aus, die sie tragen würde und die charmante männliche Begleitung, um die sie alle Frauen beneiden würden. Vielleicht ein bekannter Schauspieler aus Saint Tropez?

Träume, alles nur Träume. Sie hatte gar nicht bemerkt, dass sie ihre Augen geschlossen hatte, während sie in ihre Gedanken versunken war. Als sie sie wieder aufschlug, blitzten dunkle Punkte vor ihren Augen auf. Ein Brummen im Kopf setzte ein, als sie versuchte sich aufzusetzen und ein Brechreiz stieg in ihr auf. Mit aller Kraft wollte sie sich erheben, doch ihre Arme und Beine zitterten wie Wackelpudding, also ließ sie sich zurückfallen und legte den Kopf aufs Polster. Kurz bevor sie das Bewusstsein verlor, meinte sie einen kühlen Lufthauch zu spüren. Dann wurde es schwarz vor ihren Augen.

***

Tiefe Dunkelheit lag über dem Strand und der Promenade. Der Wind hatte zugelegt und peitschte die Wellen auf. Julie hatte ihre Terrassentür geöffnet und atmete die salzige Luft ein, die von draußen hereingetragen wurde. Auf ihrem Couchtisch stand ein volles Glas Rotwein und auf ihrem Lesesessel, einem massiven, altmodischen Teil, das mit dunkelgrünem Leder bezogen war, lag das Manuskript des Toten.

Julie schloss die Tür und wickelte sich in eine Decke. Dann schlug sie die erste Seite auf. Schon das Vorwort war brisant. Christophe Delamare kündigte vollmundig an, dass er im vorliegenden Buch die reine Wahrheit aufdecken würde. Die Wahrheit worüber schrieb er nicht, aber Julie hatte ja von Alain schon einen Vorgeschmack bekommen. Gespannt las sie, überflog zwischendrin immer wieder Passagen, in denen er von seiner Ausbildung erzählte oder wie er seine Frau kennengelernt hatte. Spannend wurde es in der zweiten Hälfte des Buches. Schonungslos berichtete er, wie seine Frau ihn erst ausgenutzt und dann wie eine heiße Kartoffel hatte fallenlassen. Er ließ kein gutes Haar an ihr, einzig ihre Schönheit und ihr musikalisches Talent hob er immer wieder positiv hervor.

„So was liest niemand gerne über sich selbst, auch wenn es stimmt", dachte Julie und blätterte weiter.

In einigen Kapiteln beschrieb er seine Karriere als Fischkoch im *Château*. Dabei sparte er nicht mit Lob für sich selbst, während er an fast allen anderen Kritik übte. Nur der Jungkoch Yves und Audrey wurden verschont, dafür bekam es Cathérine, seine Chefin, knallhart ab. Er beschrieb sie als Machtmensch ohne Gewissen, der seine Angestellten ausnutzte und immer nur auf den eigenen Vorteil aus war. Auch ihre Methoden, mit denen sie der Vorbesitzerin das Schloss abgeluchst hatte, stellte er als kriminell und höchst unmoralisch dar. Julie blätterte weiter, überflog einige Rezepte, die er beschrieb und ignorierte eine lange Liste an Auszeichnungen, die er als Starkoch erhalten hatte. Schließlich gelangte sie zum letzten Kapitel, in dem andere bekannte Fernsehköche und Buchautoren, sowie weitere Prominente ihn lobten und seine Kochkünste anpriesen.

„Angeber", dachte Julie und trank einen Schluck Wein.

Sie blätterte wieder zurück und suchte nach einer Passage, von der Alain ihr erzählt hatte. War nicht irgendwo gestanden, dass Cathérine eine Beziehung zu dem Fischlieferanten hatte? Auch wenn der nicht beim Namen genannt wurde, war sich Julie sicher, dass Éric Bonniéc, der Vater von Charlotte gemeint war, und nicht der alte Pierre.

So sehr sie auch suchte, sie fand die Stelle nicht. Kurzerhand wählte sie Alains Festnetznummer. Es war zwar inzwischen schon halb zehn, aber sie wusste, dass Alain eine Nachteule war. Nach nur zweimaligem Läuten meldete sich Diane.

„Hallo Diane, hier ist Julie. Wie geht es dir?"

Diane schien sich aufrichtig über den Anruf zu freuen und begann sogleich von ihrem Tag zu erzählen.

„Hat die Fischsuppe geschmeckt?", fragte Julie.

Am anderen Ende der Leitung trat ein kurzes Schweigen ein.

„Welche Fischsuppe?“, fragte Diane verwirrt.

Julie stutzte. Hatte nicht Alain begeistert erzählt, es gäbe heute Fischsuppe zum Abendessen? Oder hatte sie sich verhört? Wie dem auch war, die Suppe war ihr egal, sie wollte nur schnell Alain nach der Seite im Buch fragen.

„Kannst du mir bitte mal Alain geben? Ich muss ihn etwas zu unserem Fall fragen!“

Wieder trat ein kurzes Schweigen ein.

„Alain ist nicht hier. Er muss doch heute Abend arbeiten. Weißt du das nicht?“

Nun war Julie völlig verwirrt. Sie entschuldigte sich bei Diane für die späte Störung und legte auf. Sie war sich sicher, dass Alain gesagt hatte, er würde nach Hause fahren. Hatte er spontan zu einem Einsatz fahren müssen? Julie wusste, dass er mit seinem Team auch zu anderen Einsätzen gerufen wurde. Er war ja nicht nur für ihre Ermittlungen zuständig. Dennoch war sie verwirrt, schüttelte das Gefühl aber schnell ab. Am wahrscheinlichsten war, dass sie sich verhört oder etwas falsch verstanden hatte. Während einer Ermittlung war sie so auf ihren Fall fixiert, dass sie sonst wenig mitbekam. Auch Frank, ihr Exmann, hatte ihr während ihrer Ehe und auch in den Monaten nach der Trennung stets vorgeworfen, nur für ihre Arbeit zu leben. Laut ihm war das am Scheitern ihrer Ehe schuld. Und Julies schwere Vergangenheit. Nach dem Tod ihrer Mutter war ihr Vater, ein lokaler Held und ebenfalls Kriminalkommissar, ihr wichtigster Bezugspunkt im Leben. Erst Jahre nach seinem Tod hatte sie herausgefunden, dass der von allen bewunderte und allseits beliebte Polizist selbst kriminell gewesen war und sogar ein Menschenleben auf dem Gewissen hatte. Mit dieser Wahrheit haderte Julie noch heute und wenn immer möglich verscheuchte sie Gedanken an ihren Vater und dessen unrühmliche Vergangenheit. Aber immer war es nicht möglich. Auch jetzt strich er wieder durch ihre Gedankenwelt, wurde aber sogleich durch das Klingeln ihres Handys vertrieben. Das Display zeigte an, dass der Anrufer Frank war. Schon wieder er. Hatte er nicht erst kürzlich eine seltsame Nachricht geschickt? Warum suchte er wieder Kontakt zu ihr? Er hatte sie doch verlassen und ein neues Leben angefangen. Kurzerhand drückte Julie ihn weg. Für Schatten der Vergangenheit hatte sie jetzt keine Zeit. Sie wollte sich nur auf ihren Fall konzentrieren.

Julie blätterte weiter und fand Passagen, in denen Cathérines böses Spiel mit der Vorbesitzerin des Schlosses detailliert dargelegt wurde. Anscheinend hatte die Restaurantbesitzerin einen Immobilienexperten geschmiert, der dann der alten Dame einen völlig unrealistischen, niedrigen Wert des Gebäudes genannt hatte. So war es Cathérine laut den Aufzeichnungen möglich gewesen, das Anwesen für einen lächerlich niedrigen Preis zu erwerben. Julie wunderte sich, woher der Tote all diese Informationen genommen hatte. Schließlich war er zum Zeitpunkt des Immobilienerwerbs noch gar nicht im Restaurant angestellt gewesen. Auch hatten die Nachforschungen für die Zeit davor keine Verbindungen zwischen Delamare und der Chevalier ergeben. Julie tippte auf Audrey als Informantin. Wenn es stimmte, dass sie mit Delamare ein Verhältnis gehabt hatte, so hatte sie ihm vielleicht Interna anvertraut, die nicht für fremde Ohren bestimmt gewesen waren. Allerdings bezweifelte Julie, dass Cathérine ihre ungeliebte Schwester in solche pikanten Details eingeweiht hätte. Schließlich fand Julie nach langem Suchen auch die Seite, auf der die Beziehung von Cathérine zum Fischlieferanten Éric ausführlich beschrieben wurde. Nur aufgrund dieser Verbindung war es der Tochter, Charlotte, wohl möglich gewesen, einen der begehrten Ausbildungsplätze im Luxusrestaurant zu ergattern. Bleierne Müdigkeit befiel Julie. Sie hatte den ganzen Tag gearbeitet. Die lange Fahrt zum *Château* und die vielen Befragungen hatten sie angestrengt. Ein Blick auf die Uhr und auf das leere Rotweinglas zeigten ihr, dass es Zeit für das Bett war. Sie würde zwar morgen im Manuskript weiterlesen, allerdings war sie sich sicher, dass sie die wichtigsten Seiten schon entdeckt hatte. Vielleicht musste Christophe Delamare sterben, weil er zu viele Dinge öffentlich machen wollte, die besser im Verborgenen geblieben wären.

Julie erhob sich und war gerade auf dem Weg ins Bad, als ihr Handy auf dem Couchtisch klingelte.

Schnell nahm sie den Anruf entgegen. Samuels atemlose Stimme drang an ihr Ohr. Er befand sich gerade an einer stark befahrenen Autostraße, wie Julie den Hintergrundgeräuschen entnehmen konnte.

„Julie, ich hole dich in zehn Minuten ab. Es gibt noch einen Mord. Audrey Delavallée. Alain und Dr. Moulin sind schon auf dem Weg ins *Château*. Bis gleich!"

***

Audrey saß auf der Couch. Ihr Kopf war in den Nacken gefallen. Der Mund stand offen. Die Augen starrten leblos in die Luft, so als fixierten sie einen bestimmten Punkt an der Zimmerdecke. Neben ihr lag ein geblümtes Baumwollkissen. Ein halb leeres Rotweinglas stand auf dem Couchtisch, daneben ein Handy und eine Packung Taschentücher.

„Ihr Sohn Vincent hat sie so vorgefunden. Er wollte eigentlich ausgehen und war schon unterwegs zu einer Disco in Rennes, als sein Auto stehenblieb. Er rief einen Freund an, der eine Autowerkstatt besitzt, der ihn und das Auto abholte. Als er nach etwa zwei, drei Stunden hier eintraf, fand er sie leblos auf der Couch sitzen. Er sagt aus, dass er gegen halb neun kurz in der Wohnung war, um sich andere Schuhe anzuziehen. Seine Mutter sei zu diesem Zeitpunkt im Bad gewesen, er habe sie gehört. Ohne sich zu verabschieden sei er dann gegangen.

„Wo ist er jetzt?"

Im Restaurant, er wird von Sylvain befragt. Er ist erstaunlich gefasst. Scheint kein besonders gutes Verhältnis zu seiner Mutter gehabt zu haben."

„Sonst irgendetwas?"

Julie blickte sich im Wohnzimmer um. Noch heute Früh war sie hier mit der Toten gesessen und hatte sie befragt. Wie schnell sich alles ändern konnte.

Samuel hielt ihr einen Stapel Briefe sowie ein paar Fotos hin. „Das ist das einzige Persönliche, was wir im Haus finden konnten. Einen Brief von ihrem Exmann und einige Bilder, die sie mit Christophe Delamare zeigen. Die hatte sie in einer Kiste in ihrem Kleiderschrank gut versteckt. Wenigstens haben wir jetzt einen Nachweis, dass die beiden sich näherstanden als sie zugaben."

Julie betrachtete die Fotos. Sie zeigten die beiden als glückliches Paar in einem Café sitzend, beim Wandern oder in Paris vor dem Eiffelturm.

„Das sieht nicht nach einer Affäre aus", kommentierte sie die Bilder.

„Ich finde, sie wirken sehr vertraut."

Samuel nickte. „Das habe ich mir auch gedacht. Und ich vermute, dass Audrey mehr wusste als ihm lieb war. Und ihr Mörder, der vermutlich auch Christophe Delamare umgebracht hat, muss das auch gewusst haben!"

Plötzlich schreckte Julie auf. Ihr war wieder etwas eingefallen, das sie völlig vergessen hatte.

„Heute Nachmittag im Büro, als Ihr alle schon weg wart, hat Audrey mich angerufen. Sie wollte mir etwas erzählen und wir haben uns für morgen in Saint Malo verabredet!"

Samuel blickte auf.

„Wollte sie auspacken?"

„Ich hatte den Eindruck, dass sie mehr wusste, als sie uns bei der Befragung erzählt hatte. Aus irgendeinem Grund hat sie sich dann anders entschieden und wollte mir noch mehr berichten. Aber dazu", sie warf einen Blick auf die tote Köchin, „ist es nun leider nicht gekommen."

Alain kam soeben aus dem Schlafzimmer und trug seinen Arbeitskoffer mit sich.

„Alles gesichert", rief er und deutete auf die hinteren Räume.

„Da könnt Ihr jetzt rein. Ich muss weg. In Rennes gab es einen Einbruch in einem Juweliergeschäft. *Bonne nuit*!"

Julie sah Alain hinterher und musste kurz an ihr seltsames Telefonat mit seiner Frau denken. Sie konnte sich vorstellen, dass Diane oft allein war. Alains Beruf war sehr zeitintensiv und er wurde zu jeder Tages- und Nachtzeit angerufen. Trotzdem hielt die Ehe und die beiden wirkten glücklich. Bei Julies Ehe war das anders gewesen. Auch sie war dauernd unterwegs gewesen, während Frank viel Zeit zuhause am Schreibtisch verbracht hatte und oft nur zu seinen Vorlesungen an die Uni gefahren war. Er hätte sich mehr Nähe zu ihr gewünscht, hatte er ihr mehrmals vorgeworfen. Ausgiebige Frühstücke an sonnigen Sonntagmorgen, gemütliche Rotweinabende vor dem Kamin. Aber das ließ Julies Arbeit nicht zu und meistens, wenn sie es doch geschafft hatten, sich mit einer Flasche gutem Wein vor dem offenen Feuer niederzulassen, hatte Julies Handy geklingelt und sie war an irgendeinen Tatort gerufen worden. Mit der Zeit war Frank immer weniger zuhause gewesen. Er verbrachte viel mehr Zeit als früher am Campus und arbeitete oft bis in die Abendstunden hinein. So hatten sie sich mit den Jahren auseinandergelebt. Julie seufzte und Samuel sah sie überrascht an.

„Was ist los, *jolie Julie*?"

Schnell riss sie sich zusammen. Jetzt war keine Zeit für Nostalgie und Gefühlskram.

„Ich bin nur müde. Bekommt man hier irgendwo einen Kaffee?"

Samuel eilte los zur Küche und fand die Kaffeemaschine eingeschaltet. Die ganze Küchenmannschaft, zumindest alle, die auf dem Anwesen lebten, hatten sich dort bereits versammelt und wurden von Sylvain und zwei weiteren Polizeibeamten befragt. Yves, der Jungkoch, stellte sich zu Samuel und reichte ihm Tassen.

„Jetzt hat es auch noch Audrey erwischt. Ich kann es nicht glauben. Wissen Sie, Christophe hat sie wirklich gemocht!"

Samuel nickte. Das hatten auch die Fotos erzählt, die sie in der Wohnung der Toten gefunden hatten.

„Denken Sie", fuhr Yves fort, „dass es der Täter auf die Vertrauten von Christophe abgesehen hat? Bin ich auch in Gefahr?"

Soweit hatte Samuel noch nicht gedacht und es wunderte ihn, dass der sonst so smarte und selbstbewusste Koch sich solche Sorgen machte. Aber von der Hand zu weisen war es nicht. Was, wenn der Täter all die Personen beseitigen wollte, die vertrauliche Dinge von Christophe Delamare gewusst hatten?

„Wir werden heute Nacht zwei Polizisten hierlassen. Machen Sie sich keine Sorgen, aber bleiben Sie achtsam", gab er ihm mit auf dem Weg, bevor er, mit zwei vollen, dampfenden Kaffeetassen in der Hand, die Küche wieder verließ.

Dankbar griff Julie nach dem Kaffee, als Samuel wieder in der Wohnung der Toten war.

„Wir haben nichts weiter gefunden, während du weg warst", erzählte sie ihrem Kollegen und nippte an dem starken Kaffee.

„Sylvain hat mir soeben geschrieben, dass keiner aus dem Küchenteam etwas Ungewöhnliches bemerkt hat. Bei der Arbeit war alles wie immer. Audrey war beliebter als ihre Schwester, und sie schien weder nervös zu sein noch Angst zu haben. Sie ist wie immer etwas länger als der Rest der Angestellten geblieben und hat mit Yves noch den Menüplan für die nächste Woche zusammengestellt. Dann hat sie mit einigen Lieferanten telefoniert und ist anschließend um 18:30 in ihre Wohnung gegangen. Das hat die Dame vom Empfang bestätigt. Sie sagte aus, dass Audrey müde wirkte und ihr Telefon am Ohr hatte. Sie habe aber so leise gesprochen, dass man nicht habe verstehen können, mit wem sie sprach oder worum es ging. Ich denke, die Person am anderen Ende war ich. Um die Zeit hat sie mich angerufen, als ich gerade das Büro verlassen wollte."

Samuel schlürfte seinen Kaffee und überlegte dann laut.

„Was ist, wenn irgendjemand sie belauscht hat, als sie mit dir sprach. Vielleicht hat er oder sie gehört, dass Audrey sich dir anvertrauen wollte und hat es dann mit der Angst zu tun bekommen?"

Julie nickte.

„Gut möglich. Dann wäre es ein spontaner Mord gewesen. Wir müssen den Bericht von Moulin abwarten Es gab keine Kampfspuren am Tatort, was darauf schließen lässt, dass sie völlig wehrlos war. Mal schauen, was der toxikologische Bericht uns verrät."

Der Blick auf die Uhr verriet, dass es bereits nach drei Uhr früh war. Daher beschlossen Julie und Samuel nach Hause zu fahren und sich kurz aufs Ohr zu legen.

„Ich hole dich morgen um sieben Uhr wieder ab", verabschiedete sich Samuel, als sie an der Uferpromenade vor Julies Haus hielten. Müde und gähnend nickte Julie. Wieder würde es eine kurze Nacht werden.

Freitag

Gnadenlos riss sie der Wecker drei Stunden später aus dem Tiefschlaf. Sie hatte einen sonderbaren Traum gehabt, in dem sie die Zeit zurückgedreht hatte. Sie wohnte in ihrem schicken Haus zusammen mit Frank und die Welt schien noch in Ordnung zu sein. Allerdings, und das bemerkte Julie erst im Laufe des Traums, herrschte keine traute Zweisamkeit, denn die neue Frau lebte mit im Haus, wie ein Schatten an ihrer Seite. Egal welchen Raum sie betrat, immer stand die neue Frau in einer Zimmerecke und blickte sie vorwurfsvoll an.

Daher war Julie ihrem schrillen Alarmton regelrecht dankbar, als er sie aus diesem Traum holte. Nach einem schnellen Kaffee und einem alten, trockenen Croissant, das sie im Brotkorb fand, zog sie sich hastig einen warmen Pullover über und eilte nach draußen. Samuel stand bereits in der Einfahrt, drehte seine Psychozigarette und winkte ihr zu.

„*Bonjour*", begrüßte sie ihn und stieg in das warme Auto. „Gibt es schon etwas Neues?"

Er schüttelte den Kopf, berichtete ihr aber, dass um halb neun ein Meeting mit allen angesetzt war. Sie hielten noch an einer Bäckerei und kauften Croissants für das ganze Team, dann starteten sie in einen, wie sie befürchteten, langen Arbeitstag.

Pünktlich um halb neun hatten sich alle versammelt. Alain sah müde aus und rieb sich immer wieder die Augen. Julie fiel auf, dass er die gleichen Sachen wie am Abend zuvor trug und vermutete, dass sein zweiter Einsatz beim Juwelier die ganze Nacht gedauert haben musste. Auch Dr. Moulin gähnte ununterbrochen und betonte immer wieder, dass er inzwischen einfach zu alt für solche späten Einsätze sei. Er brauche seinen Schlaf und freue sich schon auf die Rente. Aber er habe Neuigkeiten. Julie erteilte ihm sogleich das Wort, und alle lauschten gespannt seinem Bericht.

„Jemand hat ihr K.o -Tropfen verabreicht, das hat der toxikologische Befund eindeutig gezeigt. Es muss eine hohe Menge gewesen sein, daher war es noch nachweisbar. Das Zeug war im Rotwein, den sie getrunken hat."

„Daher gab es auch keine Kampfspuren", resümierte Julie. „Unser Täter hat sich also Zutritt zu ihrer Wohnung verschafft. Wie, wissen wir noch nicht, und hat ihr unauffällig die Tropfen in den Wein geschüttet. Als sie dann wehrlos war, hat er sie erstickt. So konnte er sichergehen, dass sie sich nicht wehrte oder schrie."

„Auch den Todeszeitpunkt können wir recht präzise festlegen. Um halb neun, als Vincent seine Schuhe gewechselt hat, war sie noch am Leben. Zumindest hat er sie gehört. Als er etwa zweieinhalb Stunden später, also um etwa elf hier wieder ankam, saß sie tot auf der Couch. Wir haben also einen sehr genauen und knapp gefassten zeitlichen Rahmen und müssen jetzt alle Alibis zwischen halb neun und elf Uhr an diesem Abend überprüfen."

„Das habe ich schon gemacht", meldete sich Sylvain zu Wort. Ihm schien die kurze Nacht nichts ausgemacht zu haben. Sein sommersprossiges Gesicht war vor Aufregung gerötet, als er berichtete:

„Charlotte war an diesem Abend nicht zuhause, sondern bei ihrem Vater im Dorf. Er hat das bereits bestätigt. Yves hat sich zusammen mit Daniel, dem Auszubildenden, einen Film angeschaut. Der Sohn, Vincent, war unterwegs zur Disco, allerdings war er allein. Also hat er kein Alibi, zumindest bis zu dem Moment, als er den Abschlepper rief. Das war so um Viertel vor zehn. Vorher hätte er also Zeit gehabt, seine Mutter zu töten."

„Außerdem", fiel Julie ein, „war er es, der uns den Zeitrahmen vorgegeben hat. Vielleicht hat er sie auch schon um halb neun getötet oder sogar früher. Schließlich war sie ab etwa halb sieben in ihrer Wohnung! Um halb sieben lebte sie noch, da habe ich mit ihr telefoniert und die Empfangsdame hat sie gesehen!"

„Um kurz vor acht hat ihre beste Freundin aus Paris angerufen", warf Alain ein. „Wir haben das Handy überprüft. Das Telefonat hat etwa zwanzig Minuten gedauert. Und Sylvain hat heute früh schon in Paris angerufen und das überprüft. Wir können also sicher davon ausgehen, dass sie erst ab etwa Viertel nach acht gestorben sein kann."

„Das schließt den Sohn immer noch nicht aus", überlegte Samuel.

„Aber irgendwie glaube ich das nicht. Welches Motiv hätte er? Das Erbe? Eher nicht. Wir haben ihre Konten überprüft. Sie war hoch verschuldet und jedes Einkommen, das sie am Ende des Monats für ihre Arbeit als Köchin erhielt, fiel sofort in ein riesengroßes Schuldenloch. Rache, weil der Vater im Gefängnis saß und sie frei war? Gut möglich, aber ich halte das trotzdem für weit hergeholt. Schließlich liegt diese Geschichte schon fünf Jahre zurück. Wenn, dann hätte er sich doch bald nach der Verhaftung des Vaters und der

Scheidung der Eltern dafür gerächt. Ich hatte eher den Eindruck, dass ihm seine Mutter ziemlich egal war. Ermordet man jemanden, der einem egal ist?", fragte Samuel.

Er schaute in die Runde und alle schüttelten den Kopf.

Die Tür schwang auf und Paul Verveine stürmte ohne vorher anzuklopfen in den Raum. Ohne Aufforderung stellte er sich neben Julie und blickte vorwurfsvoll um sich.

„*Bonjour*. Ich habe soeben von dem zweiten Mord erfahren und frage mich, warum ich nicht über dieses Treffen informiert wurde?"

Zornig richtete er seinen Blick auf Julie, die mit der Hand auf einen freien Stuhl wies und ihn stumm aufforderte, sich zu setzen. Verveine ignorierte dies jedoch und fuhr aufgebracht fort:

„Soeben habe ich einen Anruf von Ihrem Vorgesetzten aus Paris erhalten!" Dabei zeigte er mit dem ausgestreckten Zeigefinger anklagend auf Julie.

„Der ist alles andere als glücklich darüber, dass in diesem medienwirksamen Fall nichts vorangeht. Daher hat er…" Verveine richtete sich gerade auf und blickte mit erhobenem Haupt in die Runde.

„…darum hat er nun mich gebeten, die Zügel in die Hand zu nehmen. Wie Sie alle wissen, sind wir seit langem Kollegen und Freunde und schätzen uns sehr!"

Julie spürte einen Schwall von Wut in sich aufsteigen. Dass Verveine gute Kontakte in die höchsten Polizeikreise hatte, wusste sie. Aber selbst der beste Kontakt konnte keine Regeln und Gesetze aushebeln. Deshalb wies sie ihn zurecht:

„Über Ihre guten Verbindungen weiß jeder Bescheid, aber, mein lieber Paul, auch Sie sollten Ihre Grenzen kennen!"

Verveines Gesicht lief rot an. Er wollte etwas erwidern, doch Julie ließ ihn nicht zu Wort kommen.

„Sie sind hier als externer Berater angestellt und mit Sicherheit nicht befugt, eine polizeiliche Ermittlung zu leiten. Dazu braucht es mehr als einen Doktortitel in Psychologie und eine gehörige Portion Selbstbewusstsein!"

Verveine kochte innerlich. Erneut setzte er zu einer Rede an, aber Julie unterbrach ihn barsch.

„Setzen Sie sich endlich hin, Verveine, und hören Sie zu. Vielleicht können Sie ja von uns noch etwas lernen!"

Das genügte, um das Fass zum Überlaufen zu bringen. Wütend stürmte der Profiler aus dem Büro und drohte mit sich überschlagender Stimme:

„Das wird Konsequenzen haben. Damit kommen Sie nicht durch!"

Nach diesem theatralischen Abgang herrschte zuerst betretenes Schweigen. Julie schenkte sich Kaffee nach, öffnete das Fenster und lehnte sich hinaus. Sie brauchte dringend eine Zigarette und kramte in ihrer Hosentasche nach der Packung. Hinter sich hörte sie leises Gemurmel.

Sie ließ sich Zeit mit der Zigarette und versuchte mit jedem Schwall Rauch, den sie hinausblies, auch etwas von ihrer Wut loszuwerden. Paul Verveine hatte sich seit ihrem letzten Fall nicht verändert und Julie wusste, dass es verschwendete Zeit war, sich über ihn zu ärgern. Er war ein hochnäsiger Snob, der meinte, er könne mit seiner intellektuellen Brille und seiner großstädtischen Aura hier Eindruck schinden. Weit gefehlt.

Ein letzter Zug, dann warf sie die Zigarette aus dem Fenster, schloss es, da es empfindlich kalt war, und wandte sich wieder ihrem Team zu.

Sylvain war in der Zwischenzeit nicht untätig gewesen und hatte auf dem Whiteboard alle wichtigen Informationen zu dem neuen Mordfall aufzuschreiben.

Gerade war er dabei, Fakten zum Jungkoch Yves Richard zusammenzutragen.

„Auf seinem Blog“, begann er, „schreibt er allerhand über das *Château*. Und dabei liest man nicht nur Positives. Er lässt sich mitunter kräftig über Kollegen und auch Gäste aus. Cathérine Chevalier dürfte darüber nicht besonders erfreut sein. Er hat auch eine Menge Fotos gepostet, darunter auch welche von sich und dem ersten Mordopfer, Christophe Delamare.“

„Wenn Audrey sterben musste, weil sie Christophe nahestand und eventuell Informationen von ihm bekam, die nicht für fremde Ohren bestimmt war, ist dann vielleicht auch dieser Yves in Gefahr?“, fragte Alain und rückte sich seine Brille zurecht.

„Möglich wäre das“, überlegte Julie.

„Aber wir wissen nicht, ob Christophe wegen des Manuskripts ermordet wurde. Genug andere Motive gäbe es ja – Rache oder Geld. Und wir müssen in Betracht ziehen, dass es zwei verschiedene, voneinander unabhängig agierende Mörder sein könnten.“

Samuel blickte sie irritiert an.

„Denkst du wirklich, dass es ein Zufall war, dass zwei Angestellte desselben Restaurants eben dort in nur kurzem zeitlichem Abstand voneinander umgebracht werden?“

„Ich halte es für nicht sehr wahrscheinlich“, entgegnete Julie, „aber selbstverständlich dürfen wir es nicht von vornherein ausschließen. Schließlich hatten beide Mordopfer eine bewegte Vergangenheit und ausreichend Feinde. Außerdem war das Prozedere unterschiedlich. Delamare wurde ins Meer gestoßen, während Audrey erstickt wurde.“

„Nehmen wir doch mal an, das Manuskript ist das Mordmotiv. Wer hätte denn durch die Enthüllungen im Buch am meisten zu verlieren?“

Julie dachte nach. Sie hatte das Manuskript in weiten Teilen gelesen, manche Stellen aber nur überflogen. Sie würde heute Sylvain und Samuel ein Exemplar mitgeben, damit die beiden auch noch einen Blick darauf werden konnten.

„Cathérine Chevalier hat viel zu verlieren. Sollte herauskommen, dass sie wirklich, wie es im Buch steht, einen Immobilienspezialisten geschmiert hat, damit der ein gefälschtes Dokument ausstellt, dann wäre ihr Ruf kaputt. Das gleiche gilt auch für die Exfrau. Auch ihr wird im Buch eine gehörige Portion Egoismus vorgeworfen. Schlechte Presse täte ihrer im Moment aufstrebenden Karriere sicher einen Abbruch."

„Was ist denn mit dem Fischlieferanten Éric Bonniéc und seiner Tochter Charlotte?", warf Alain ein. „Ihm wird doch im Buch eine Affäre mit der Restaurantbesitzerin Cathérine Chevalier unterstellt."

„Da hast du Recht", stimmte Julie zu. „Aber ich denke nicht, dass ihm eine Veröffentlichung wirklich geschadet hätte. Vielleicht hätte ihm etwas Aufmerksamkeit sogar gutgetan und das Geschäft belebt."

„Und Madelaine?", fragte Samuel.

„Der kommt auch mies weg. Delamare gibt ihm die Schuld am Scheitern des Restaurants in der Karibik. Durch seine Spielsucht soll er alles verdorben haben. Er nennt ihn eine durch und durch gescheiterte Existenz. Nicht besonders schmeichelhaft, wenn du mich fragst. Aber reicht das als Mordmotiv?"

Julie blickte auf die Uhr. Sie wollte so schnell wie möglich nochmal auf das *Château* fahren und die Chefin befragen. Daher beendete sie die Runde und wies allen ihre heutigen Aufgaben zu.

Gerade als sich alle erhoben und voneinander verabschiedeten, klopfte es an der Tür. Diane stand davor, einige Tupperdosen auf ihren Händen balancierend, während sie versuchte die Tür aufzustoßen. Julie eilte herbei und hielt sie ihr auf.

„*Salut* Diane. Schön, dich zu sehen!", begrüßte sie sie freudig. Diane lächelte sie an, aber Julie meinte heute einen Schatten zu sehen, der auf ihrem Lächeln lag. Sie sah müde aus und erneut überlegte Julie, dass eine Ehe mit einem so vielbeschäftigten Partner sicher nicht leicht war. Auch für ihren Ex Frank, das musste sie sich eingestehen, war es sicher kein Zuckerschlecken gewesen. Viele schon lange geplante Urlaube oder Familienbesuche hatten sie kurzfristig absagen müssen, weil Julie einen neuen Fall hereinbekommen hatte. Sie konnte gar nicht zählen, wie viele reservierte Tische in schönen, romantischen Restaurants hatten storniert werden müssen. Ähnlich wie Frank, dachte Julie, musste sich die arme Diane sicherlich fühlen. Freundschaftlich legte sie einen Arm und sie, während sich die Versammlung um sie herum auflöste und alle sich an ihre Arbeit machten.

***

Der Wind blies ihr Regen ins Gesicht, als Julie aus ihrem Auto ausstieg und schnellen Schrittes auf den Empfangsraum zueilte. Sie hatte sich nicht die Mühe gemacht, Cathérine Chevalier über ihr Kommen zu informieren. Heute traf sie sie nicht in ihrem Büro, sondern in der Küche an, wo sie sich selber eine Schürze umgebunden hatte und die Angestellten herumkommandierte. Charlotte, die Tochter des Fischers, stand an einem Edelstahlschrank und sortierte Teller ein. Vincent klopfte gut gelaunt Kalbsschnitzel an einem massiven Hackklotz. Er lachte mehrmals über etwas, das Yves, der Jungkoch, sagte, der nicht weit von ihm entfernt gerade fachmännisch Doraden filetierte.

„*Madame* Chevalier, ich muss nochmal mit Ihnen sprechen“, kam Julie sogleich auf den Punkt und ignorierte den missmutigen Gesichtsausdruck ihres Gegenübers.

„Sie sehen doch, dass ich alle Hände voll zu tun habe. Ohne Christophe und Audrey sind wir völlig unterbesetzt und der Aushilfskoch ist heute einfach nicht zur Arbeit erschienen. Machen Sie es also kurz!“

Sie streifte die Schürze ab, bellte noch einige Befehle in Richtung der Küchencrew und hielt dann auf einen kleinen Personalraum zu, der hinter der Küche lag. Darin war es noch ungemütlicher und weniger komfortabel als in den Räumlichkeiten, in denen Julie sonst die Befragungen durchgeführt hatte. Ein brauner Holztisch, um den einige Stühle standen, bildete das Zentrum des Zimmers. Ein alter Röhrenfernseher stand auf einer altmodisch anmutenden Kommode. Cathérine ließ sich auf einen Stuhl fallen und wies Julie mit einer Handbewegung an, sich ebenfalls zu setzen.

„Gibt es etwas Neues?“, begann sie das Gespräch und unterdrückte ein Gähnen.

„Allerdings!“, sagte Julie. Sie hatte sich auf der Herfahrt überlegt, auf Risiko zu gehen. Sie würde einfach behaupten, dass Cathérine vom Manuskript gewusst hatte. So konnte sie die sonst so selbstbewusste und unnahbare Chefin hoffentlich aus der Defensive locken.

„Wie hat es sich für Sie angefühlt, in Christophe Delamares Buch so schlecht dargestellt zu werden?“

Augenblicklich versteinerte sich das Gesicht von Cathérine Chevalier und ihr Mund verzog sich zu zwei dünnen, aufeinandergepressten Linien. Volltreffer!

„Ich weiß nicht, wovon Sie reden?“, sagte Cathérine leise. Ihre Anspannung war förmlich greifbar.

„Natürlich wissen Sie, wovon ich spreche!“, konterte Julie.

„Christophe Delamare, Ihr hochgefeierter Fischkoch, hat in seinem Buchmanuskript akribisch genau beschrieben, wie Sie durch Lug und Betrug an dieses Restaurant gekommen sind. Außerdem hat er Ihre Affäre zum Fischer Éric aufgedeckt, die Sie unbedingt geheim halten wollten. Hat er Sie damit erpresst? Druck auf Sie ausgeübt?"

Julie verstummte. Sie sah, wie es in ihrem Gegenüber arbeitete. Um das Gesagte noch zu unterstreichen, holte Julie das Manuskript aus ihrer Handtasche und knallte es vor Cathérine auf den Tisch.

„Sie können gerne nochmal nachlesen, ich habe alle Stellen markiert, an denen er über Sie geschrieben hat."

„Ich will es nicht lesen!"

Mit einer schnellen Handbewegung wischte sie das Buch vom Tisch. Ihre Hände zitterten und alle Selbstbeherrschung war von ihr abgefallen.

„Seit wann wissen Sie über das Buch?"

Tränen liefen an den Wangen herunter, als Cathérine Chevalier berichtete:

„Er hat es mir gezeigt, wollte mich damit erpressen. Er wollte mehr Geld, mehr Ruhm, mehr Mitspracherecht. Außerdem hat er gefordert, dass Audrey meine gleichberechtigte Geschäftspartnerin werden sollte."

Sie lachte abfällig.

„Natürlich habe ich ihn abgewiesen, habe ihm gesagt, dass ich mich nicht erpressen lasse. Er hat mir eine Kopie dagelassen und ich war schockiert, was er alles wusste. Ich war sicher, dass Audrey ihm einiges gesteckt hatte. Außerdem war er ein guter Beobachter. Das mit mir und Éric wusste eigentlich niemand. Es war mir ein Rätsel, wie er das herausgefunden hatte."

Julie kramte in ihrer Tasche, weil ihr Handy klingelte. Doch jetzt wollte sie nicht gestört werden.

„Haben Sie ihm am Ende gegeben, was er wollte?"

Cathérine schüttelte energisch den Kopf.

„Ich habe lange überlegt und ihm schließlich eine stattliche Summe Geld als Einmalzahlung geboten, außerdem eine saftige Gehaltserhöhung. Aber es hat ihm nicht gereicht. Er hat damit gedroht das Buch zu veröffentlichen und zu kündigen, wenn ich Audrey nicht in die Chefetage hole. Aber das kam nicht in Frage."

„Und dann haben Sie dem ganzen Spuk ein Ende gesetzt und haben ihn die Klippen hinuntergeschubst?", schoss Julie ins Blaue.

„Nein!", schrie Cathérine und Julie konnte hören, dass die Küchengeräusche, die zuvor permanent wie eine leise Melodie nebenhergelaufen waren, plötzlich aufhörten.

„Nein", wiederholte sie nun etwas leiser.

„Das habe ich nicht! Ich habe mit seinem Tod nichts zu tun. Das müssen Sie mir glauben!"

Sie flehte Julie fast an.

„Und was ist mit dem Laptop?", fragte Julie, einem plötzlichen Geistesblitz folgend.

Cathérine nickte beschämt.

„Kurz nachdem die Polizei hier eingetroffen war, und es klar war, dass Christophe tot ist, habe ich seinen Rucksack, der im Personalraum stand, durchsucht und mir den Laptop genommen. Ich wollte nicht, dass irgendwer dieses Buch zu Gesicht bekommt. Aber ich habe ihn nicht getötet!"

Julie erhob sich. Sie hatte mehr als erhofft erfahren.

„Holen Sie mir sofort den Laptop. Und bleiben Sie die nächste Zeit immer erreichbar!"

***

Auf dem Rückweg vom *Château* hatte Julie blendende Laune. Der Laptop lag auf dem Rücksitz, sie würden ihn gleich am Nachmittag bei Alain vorbeibringen. Ihr Handy klingelte und sie nahm den Anruf über die Freisprechanlage entgegen. Samuel verkündete ihr, dass es bis jetzt leider noch keine Neuigkeiten von seiner Seite gäbe und fragte nach, wie ihr Vormittag gewesen sei. Julie erzählte von ihrem Gespräch mit Cathérine Chevalier und Samuel war gespannt, was sie alles auf dem Computer finden würden.

Julie passierte gerade das Ortsschild von Cancale, als sie merkte, dass ihr Magen knurrte. Als sie die kleine Hafenstraße entlangfuhr, auf deren einer Seite die Fischerboote im Wasser schaukelten, während auf der anderen Seite eine pittoreske Häuserfront Sommer für Sommer die Touristen entzückte, entdeckte sie das charmante Stadthaus mit der schönen Terrasse, das früher Louis, einem ehemaligen Freund, gehört hatte. Verwundert sah Julie, dass nun auf der Terrasse wieder hübsch gedeckte Tische standen und eine Bedienung gerade einen großen *plateau de fruits de mer* an einen Tisch servierte. Mehrere Wärmepilze standen zwischen den gutbesetzten Tischen. Kurzerhand fuhr sie auf einen Parkplatz, stieg aus und spazierte zu dem Restaurant. Die Fassade war neu gestrichen und das gesamte Inventar erneuert worden. Über der Eingangstür hing ein beleuchtetes Schild *Chez Michel et Margo.*

Während Julie noch vor den Treppenstufen stand, die zur Veranda hinaufführten und die Speisekarte studierte, kam die Bedienung, eine lächelnde, rundliche Dame um die fünfzig, zu ihr und fragte:

„Darf ich Ihnen einen Platz anbieten?"

Und da ihr Magen ohnehin knurrte, stimmte sie spontan zu und ließ sich zu einem runden Zweiertisch führen, der direkt auf die Straße und zum Hafen hinausging. Ohne groß nachzudenken bestellte sich Julie eine Fischsuppe und eine kleine Flasche Sauvignon Blanc und ließ dann ihren Blick aufs Meer hinausgleiten. Heute war sie etwas weitergekommen. Auch wenn sie nicht glaubte, dass Cathérine ihre Schwester und ihr bestes Pferd im Stall, den Fischkoch, getötet hatte, hatte sie sich strafbar gemacht, indem sie Beweismittel vor der Polizei versteckt hatte. Julie würde sich morgen nochmal die Exfrau des ersten Mordopfers vorknöpfen. Außerdem wollte sie mit Jean Madelaine sprechen. Bei beiden musste sie die Alibis für den zweiten Mord überprüfen. Die Bedienung kam mit der Suppe, die herrlich duftete. Die Brühe war orange und roch intensiv nach Safran und Tomaten. Mehrere Köstlichkeiten schwammen darin und Julie fischte sich zuerst eine Jakobsmuschel heraus und kaute genüsslich darauf herum. Obwohl es kalt war und auch der Wind kräftig blies, war ihr warm. Mit leichtem Unbehagen dachte sie daran zurück, wie oft sie auf dieser Terrasse gesessen hatte. Damals hatte sie noch mit Yanik, ihrem früheren Partner und besten Freund, ermittelt und sie hatten sich hier immer zur Lagebesprechung getroffen. Mit dabei war auch stets Lisa gewesen, ihre Kollegin und Freundin. Mit ihr und Yanik waren die zwei wichtigsten Menschen in ihrem Leben weggebrochen und bis heute fiel es ihr schwer, neue in ihr Leben zu lassen. Samuel mochte sie inzwischen gerne und die beiden hatten auch Spaß miteinander, wenn sie nach der Arbeit in einer Kneipe noch ein paar Bier tranken. Aber es war nicht dasselbe. Irgendetwas fehlte.

Der einzige Mensch, der sie noch so gut gekannt hatte wie Yanik und Lisa war ihr Exmann Frank gewesen. Aber er hatte sich gegen sie und für ein neues Leben entschieden. Sie hatte ihm auf seine letzte Nachricht nicht geantwortet und seitdem hatte er sich nicht mehr gemeldet. Julie fragte sich, was der Grund für seine Kontaktaufnahme gewesen sein mochte und schimpfte mit sich im selben Augenblick. Dieses Kapitel in ihrem Leben war abgeschlossen. Sie sollte keine

Zeit mehr darauf verschwenden, sich über Frank Gedanken zu machen. So als ob er wusste, dass sie gerade an ihn dachte, klingelte das Handy und das Display zeigte seinen Namen an. Schnell schaltete Julie die Ruftonlautstärke aus und legte das Handy neben ihren Teller auf den Tisch. Sie trank einen Schluck Wein und wartete, aber das Telefon hörte nicht auf zu klingeln. Was wollte er nur? Warum kontaktierte er sie nach all der Zeit, in der er sie ignoriert hatte? Julie spürte einen Schwall Wut in sich hochkochen. Warum konnte er sie nicht einfach in Ruhe lassen. Sie schnappte sich ihr Handy, nahm den Anruf an und bellte gereizt in den Hörer: „Was gibt es?"

Am anderen Ende herrschte ein kurzes Schweigen, dann vernahm sie Franks Stimme.

„Julie?"

Als ob er nicht wüsste, dass sie am Telefon war. Sie sagte nichts. Sollte er doch reden, sie hatte dieses Gespräch nie gewollt. Als hätte er ihr Schweigen richtig interpretiert, begann er zu reden. Nicht ruhig und gelassen, so wie früher, sondern schnell und nervös. Immer wieder verhaspelte er sich und musste eine kurze Pause einlegen, um sich wieder zu sammeln. Als er fertig war und keine Worte mehr fand, merkte Julie, dass ihre Wangen nass waren. Hatte sie geweint?

„Julie?", kam es zaghaft vom anderen Ende.

„Bist du noch da?"

„Nein, für dich nicht mehr", sagte sie mit einer seltsam tonlosen Stimme, die irgendwie nicht zu ihr zu gehören schien. Dann legte sie auf und schob das Handy weit von sich, gerade so, als wolle sie alle Dinge, die Frank ihr gerade gesagt hatte, weit von sich weisen. Als ob sie das so einfach vergessen könnte.

„Hat es Ihnen geschmeckt?", riss sie eine Stimme aus ihren Gedanken.

Julie lobte das Gericht und fragte interessiert:

„Seit wann gibt es denn dieses Restaurant? Ich kannte den alten Besitzer!"

„Wir haben erst letzten Dienstag aufgemacht. Da hatten wir die große Eröffnung. Sie können sich gar nicht vorstellen, wie aufregend das für mich war. Ich habe, müssen Sie wissen, keine Erfahrung in der Gastronomie. Eigentlich bin ich gelernte Buchhalterin."

Sie lachte und griff nach der Weinflasche, um Julie nachzuschenken.

„Dann ist das sicherlich eine große Herausforderung für Sie", kommentierte Julie und wollte sich schon abwenden, um weiter ihren Gedanken nachzuhängen, als die Frau erwiderte:

„Zum Glück habe ich meinen Michel."

Sie zeigte auf das Schild über der Tür.

„Ich bin übriges Margo. Michel ist ein alter Hase. Er hat ein Restaurant in Rennes, das super läuft. Vielleicht kennen Sie es ja, das *Au Théatre*."

Mit einem Schlag hatte sie Julies volle Aufmerksamkeit.

„Das kenne ich allerdings. Nettes Lokal. Ich war erst letztens dort. Wie schafft Ihr Mann es denn, zwei Restaurants zu führen?"

Die Frau lächelte und wischte ein paar Brotkrümel von der Tischdecke.

„Er ist wirklich fleißig. Das Restaurant in Rennes ist sein ganzer Stolz, aber er wollte auch unbedingt hier mit mir etwas machen. Wissen Sie, die Kinder sind jetzt alt genug, die brauchen mich nicht mehr dauernd. Darum habe ich Michel vorgeschlagen, dass ich ihm im *Au Théatre* helfe, aber er hatte eine viel bessere Idee!"

Mit einer ausholenden Bewegung zeigte sie auf das Restaurant und Stolz sprühte aus ihren Augen.

In Julies Gehirn ratterte es. Michel Neuf, der Gatte dieser gutgläubigen, stets lächelnden Frau, die an ihrem Tisch stand, war ihr kein Unbekannter. Sie hatte ihn erst kürzlich befragt, um Édith Delamares Alibi zu überprüfen. Michel Neuf hatte ausgesagt, dass er zum Tatzeitpunkt, also am Dienstag in der Früh, mit der Cellistin in einem Zimmer seines Hauses in Rennes gewesen wäre. Ob das stimmte, war sich Julie plötzlich nicht mehr sicher.

„Wenn am Dienstag die Eröffnung war, hatten Sie an diesem Tag sicherlich allerhand zu tun?", fragte sie naiv und Margo nickte eifrig.

„Wir standen schon um fünf in der Früh im Laden und haben alles vorbereitet. Schließlich begann die Eröffnung schon mittags. Michel hat ein traumhaftes Buffet vorbereitet und ich habe mich um die Dekoration gekümmert. Wir sind ein perfektes Team!"

„Aber er musste doch sicher am Abend vorher in Rennes im Restaurant stehen. Ist er dann direkt von dort in der Früh hierhergekommen?"

Diese Frage schien Margo etwas zu verwundern. Was interessierte es diese fremde Frau, wann ihr Mann wo war? Aber weil es ihre Devise war, jedem Gast freundlich und zuvorkommend zu begegnen, schüttelte sie den Kopf, dass die blondgefärbten Dauerwellenlocken nur so um das sympathische, runde Gesicht flogen.

„Er hat sich die ganze Woche freigenommen für die Eröffnung. Wir sind am Montag bis Mitternacht im Restaurant gewesen und am Dienstagfrüh bereits um vier wieder aufgestanden."

Nun hatte Julie es eilig. Sie zahlte hastig, bedankte sich bei der redseligen Frau, die etwas verwundert über den abrupten Aufbruch ihres Gastes war, und eilte los. Édith Delamares Alibi war erlogen! Sie musste sofort ins Büro, sich mit den anderen absprechen, und dann zu ihr fahren. Vielleicht war das der Durchbruch, auf den sie seit Tagen warteten.

***

Sie hatten sich aufgeteilt. Samuel befragte Michel Neuf in einem Raum, Sylvain und Julie nahmen sich derweilen die vor Wut schnaubende Cellistin im Zimmer daneben vor. Sie hatten vereinbart, dass sie sich jede halbe Stunde für ein kurzes Update auf dem Gang treffen wollten.

„Ich wurde wie eine Kriminelle von zuhause abgeholt. Nicht auszudenken, was die Nachbarn von mir denken. Wenn die Presse einen Tipp bekommt…"

Sie ließ den Satz unvollendet wie eine Drohung im Raum stehen.

„…dann tut das ihrer Karriere als gefeierter Klassikstar sicher nicht gut!", vollendete Sylvain ihren Satz und konnte sich ein Grinsen in Julies Richtung nicht verkneifen.

„Von all dem hier wird kein Wort nach außen dringen, sonst…"

Wieder waberte eine dunkle Wolke von Drohungen über den Köpfen der Ermittler. Édith Delamares Augen versprühten Funken.

„Ich bin eine ehrliche, rechtschaffende, steuerzahlende Bürgerin und noch dazu Mutter und Sie verhaften mich einfach so?"

„Sie sind nicht verhaftet", stellte Julie klar und fügte hinzu:

„Aber das kann sich schnell ändern. Schließlich hatten Sie ein Motiv, Ihren Exmann zu töten. Und auch die Möglichkeit. Dass Sie bei Ihrem angeblichen Alibi gelogen haben, trägt sicher nicht zu Ihrer Glaubwürdigkeit bei!"

„Ich habe nicht gelogen!" Sie schlug mit der flachen Hand fest auf den Tisch und fixierte Julie.

„Ich habe bei Michel geschlafen. Nachdem ich dort zu Abend gegessen hatte, sind wir wie immer in den ersten Stock in sein Zimmer. Um etwa acht Uhr hat unser Wecker geklingelt und ich bin nach einem schnellen Kaffee nach Hause gefahren. Fragen Sie Michel, er wird es Ihnen bestätigen!" Siegessicher blickte sie die beiden Ermittler an.

„Das tut unser Kollege gerade, *monsieur* Neuf sitzt Rücken an Rücken mit Ihnen!"

Julie deutete auf die Wand hinter dem Stuhl, auf dem die Cellistin saß. Dort befand sich der andere Befragungsraum.

Édith Delamare blieb unbeeindruckt.

„Michel wird bestätigen, was ich Ihnen gesagt habe. Sie verschwenden nur Ihre Zeit. Basta!"

Julie seufzte. „Ich brauche einen Kaffee!"

Sie erhob sich und verließ das Zimmer. Im Gang wartete schon Samuel auf sie, der tatsächlich zwei dampfende Tassen Kaffee in der Hand hielt. Nachdem er ihr eine davon reichte, fasste er seine bisherige Befragung in wenigen Worten zusammen.

„Dieser Neuf schweigt sich aus. Kein Wort lässt er raus. Ich bin sicher, dass er diese Dame deckt, weil er immer noch rettungslos in sie verschossen ist." Er nippte an seinem Kaffee und hob resigniert die Schultern.

„Bei uns ist es dasselbe. Dann erhöhen wir den Druck. Sage ihm, dass wir mit seiner Frau gesprochen haben. Drohe ihm damit, sie einzubestellen. Ich halte Édith hin und sobald du eine Aussage von Neuf hast, schickst du mir eine Nachricht!"

Samuel nickte und ging auf die Tür zu, hinter der der Restaurantbesitzer auf ihn wartete.

„Danke für den Kaffee!", schickte ihm Julie noch hinterher, dann war er schon im Raum verschwunden.

Drinnen war es etwas stickig, aber für die mit einem Schloss versehenen Fenster hatte Samuel keinen Schlüssel. Also setzte er sich mit seinem Kaffee wieder an den Tisch und rieb seine Schläfen. Gestern Abend - oder sollte er besser sagen: Heute früh. Immerhin war es schon weit nach drei Uhr gewesen, als er endlich daheim gewesen war - hatte er sich Spiegeleier und mehrere Biere gegönnt. Als dann um sechs Uhr wieder sein Wecker geklingelt hatte, bereute er das. Er spürte das Bier im Kopf und die fettigen Spiegeleier lagen schwer in seinem Magen. Seitdem hatte er außer schwarzem Kaffee und einer Kopfschmerztablette nichts mehr zu sich genommen. Aus dem leichten Pochen im Kopf war aber inzwischen ein kräftiges Ziehen geworden, dass sich von seiner Stirn bis zu den Schläfen zog und das schwer auf seine Augenlider drückte. Er brauchte dringend Schlaf. Der Job forderte alles von ihm und er hatte keine Ahnung, wann er das letzte Mal richtig entspannt zuhause vor dem Fernseher gesessen oder ausgiebig etwas mit Freunden unternommen hatte. Ein schnelles Bier in der Kneipe hier oder ein Spaziergang dort - das war das einzige Vergnügen, das ihm in seiner spärlichen Freizeit blieb. Er nahm sich vor, dies zu ändern, wenn dieser Fall abgeschlossen war. Vielleicht könnte er sogar Julie mitziehen, die auch dringend etwas Erholung nötig hatte. Der Verlust von Lisa steckte ihr noch schwer in den Knochen und er vermutete, dass sie noch weniger als er loslassen konnte.

„Wann kann ich endlich nach Hause?", riss ihn eine müde Stimme aus den Gedanken.

Samuel blickte auf. Michel Neuf sah ihn flehend an. Seine Augen waren matt und darunter lagen dunkle

Schatten. Es war ihm anzusehen, dass er sich in der Lage, in der er sich aktuell befand, alles andere als wohl fühlte.

„Sie können gehen, sobald Sie uns die Wahrheit gesagt haben!", antwortete Samuel und lehnte sich zurück.

„Das habe ich doch schon. An besagtem Abend war Édith in meinem Restaurant zum Essen. Anschließend sind wir in meine Wohnung und haben dort die Nacht verbracht."

„Warum sagt dann ihr Küchenchef aus, dass er sich zwar an *madame* Delamare erinnern kann, die eine Fischsuppe und eine Dorade gespeist hat und sich dann direkt beim Koch für das gute Essen bedankt hat, aber nicht daran, dass Sie, der Chef, im Haus waren?"

„Ich war in meiner Wohnung über dem Restaurant, habe Büroarbeiten gemacht. Mein Team unten funktioniert einwandfrei, mein Küchenchef und die Restaurantleiterin managen das alles problemlos ohne mich. Daher gab es keinen Grund hinunterzugehen und nach dem Rechten zu schauen."

„Ihre Frau sagt aber aus, dass Sie sowohl am Abend vor dem Mord als auch zur Tatzeit mit ihr zusammen waren."

Neuf setzte sich kerzengerade auf.

„Meine Frau? Was hat meine Frau mit dem allen zu tun? Halten Sie sie da gefälligst raus!"

Sein mitleidenserregender, trauriger Gesichtsausdruck hatte sich gewandelt. Nun blitzte er Samuel wütend an.

„Zu spät", kommentierte der Ermittler trocken und ignorierte die kochende Wut seines Gegenübers.

„Ihre Frau wurde bereits befragt und hat ausgesagt, dass Sie sowohl am Montagabend als auch Dienstagfrüh mit ihr zusammen waren. Da an diesem Tag das Restaurant in Cancale eröffnet wurde, hatten Sie allerhand zu tun und waren bereits um fünf Uhr in der Küche gestanden, während Ihre Frau den Speisesaal dekorierte."

Mit Genugtuung sah Samuel, dass die Fassade des Gastronomen mit einem Mal abfiel. Innerhalb kürzester Zeit spiegelten sich die verschiedensten Emotionen auf seinem Gesicht wider - von Ratlosigkeit über Verzweiflung bis hin zu immer wieder aufkeimender Wut. Schließlich verharrte seine Mimik und drückte nur noch Müdigkeit und Kapitulation aus. Er hatte aufgegeben und würde sprechen, da war sich Samuel sicher.

„Wenn Sie mir jetzt die volle Wahrheit sagen, müssen wir Ihrer Frau nicht unbedingt erzählen, warum sie *madame* Delamare gedeckt haben. Bisher weiß sie noch nichts von der ganzen Sache und dabei können wir es gerne belassen. Aber dafür brauche ich jetzt Fakten!"

Er setzte sich auf, stützte die Ellenbogen auf den Tisch und sah seinem Gegenüber in die Augen.

„Édith rief mich Mittwochnachmittag an. Sie war völlig verzweifelt. Erzählte mir, dass Ihr Exmann tot sei und die Polizei sie befragt habe und ihr Alibi wissen wollte. Sie erzählte mir auch von Ihrer Vermutung", dabei zeigte er auf Samuel, „dass es Mord gewesen sein könnte. Dann berichtete sie mir unter Tränen, dass sie den ganzen Abend und die Nacht zuhause gewesen wäre, und morgens, als Christophe starb, noch geschlafen hätte, aber dass sie befürchte, die Polizei würde ihr nicht glauben. Ich war so froh, dass sie mich anrief, schließlich hatten wir uns erst kurz zuvor auf ihren Wunsch hin getrennt, so dass ich sofort zustimmte, als sie mich bat, ihr ein Alibi zu geben. Sie appellierte an unsere Liebe und schilderte mir, dass sie als Exfrau und Mutter der Erben ihres Exmannes doch die perfekte Verdächtige sei."

„Wieso hatten Sie sich getrennt?", hakte Samuel nach, der von dieser Möglichkeit überrascht war. Bisher hatten sowohl Delamare als auch Neuf den Eindruck erweckt, immer noch ein Paar zu sein.

Michel Neuf schniefte und Samuel reichte ihm eine Packung Taschentücher.

„Sie wollte nur noch für Ihre Familie da sein, hat sie gesagt. Sie ist ein so guter Mensch!"

Ein glasiger Blick trat in seine Augen, dann putzte er sich laut und ausgiebig die Nase.

„Wie lange war das her, dass sie mit Ihnen Schluss gemacht hat?"

Er überlegte und bewegte seine Finger, als ob er die Tage, Wochen oder Monate daran abzählte.

„Das war vor etwa sieben Wochen. Wir vereinbarten aber, Freunde zu bleiben und ich war glücklich, dass sie immer wieder ins Restaurant kam und ich sie sehen konnte. Bei einer solchen Gelegenheit gab es auch diese hässliche Auseinandersetzung mit ihrem Exmann!"

Samuel nickte wissend. Von diesem Streit waren er und Julie Zeugen gewesen.

„Wie ging es dann weiter, nachdem Sie für sie gelogen hatten? Wurden Sie wieder ein Paar?"

Tränen liefen ihm die Wangen hinab.

„Natürlich nicht. Durch meine Hilfe hatte sich ja die Grundsituation nicht verändert. Édith wollte für ihre Familie da sein, ihr in dieser schweren Zeit beistehen und vermied daher jede Ablenkung, auch durch mich. Das habe ich verstanden. Sie hat ein so weiches Herz."

Samuel schnappte sich die Akte, die vor ihm lag und erhob sich.

„Danke *monsieur* Neuf. Ich denke, Ihre Frau muss von all dem hier nichts erfahren. Warten Sie bitte noch etwas, eine Kollegin wird Ihnen gleich das Protokoll zum Unterschreiben bringen. *Au revoir*!"

Er war schon an der Tür, da drehte er sich nochmal um.

„Sie wussten aber schon, dass die Kinder von *madame* Delamare in einem Internat in der Schweiz sind, oder? Da hätte Sie eigentlich genug Zeit für Ihre große Liebe haben müssen!"

Mit diesen Worten verließ er, ohne sich nochmals umzudrehen, den Raum. Draußen im Gang zwickte ihn kurz das schlechte Gewissen. War dieser letzte Satz wirklich nötig gewesen? Sicherlich hatte er den armen, vor Liebe fast kranken Michel Neuf schwer getroffen. Andererseits befürchtete Samuel, dass Neuf, wenn dies alles vorbei war, sofort wieder versucht hätte mit seiner Auserwählten Kontakt aufzunehmen, in der er anscheinend die personifizierte Gutmütigkeit sah. Da Samuel aber in erster Linie Mitleid für Margo Neuf empfand, hatte er mit dieser Information verhindern wollen, dass diese in Zukunft weiter verletzt wurde.

Schnell eilte er zur Tür des Nebenraumes und klopfte an. Julie öffnete und er flüsterte ihr, so dass Édith es sehen konnte, etwas ins Ohr. Julie nickte wissend und ging zum Tisch zurück, gefolgt von Samuel.

„*Monsieur* Neuf hat soeben zugegeben, dass er auf Ihren Wunsch hin gelogen hat. Er war nicht zum Tatzeitpunkt mit Ihnen zusammen. Er hat das nur gesagt, weil er hoffte, Sie würden ihn wieder zurücknehmen. Sie haben mit seinen Gefühlen jongliert, um Ihren Willen zu bekommen!"

Mit einer gehörigen Portion Abneigung fixierte Julie die Cellistin, die jedoch keineswegs kleinlaut oder geknickt wirkte ob der Tatsache, dass ihre Lüge entlarvt war. Vielmehr streckte sie den Rücken durch und erhob wütend ihre Stimme.

„Ich möchte meinen Anwalt sehen. Und ich werde Beschwerden gegen Sie einreichen!" Dabei zeigte sie mit ausgestrecktem Zeigefinger auf alle drei Ermittler.

„Ich bin Mutter und eine erfolgreiche Musikerin. Ich lasse mich nicht wie eine Kriminelle behandeln!"

„Das sagten Sie bereits", entgegnete Julie kühl.

„Aber trotzdem haben Sie gelogen und ich möchte jetzt wissen wieso?"

Édith Delamare verschränkte provokativ die Arme vor sich und presste ihre Lippen aufeinander.

„Ich sage nichts mehr", zischte sie.

„Das können Sie natürlich gerne tun", sagte Julie.

„Und Ihren Anwalt können Sie auch anrufen. Aber das zieht sich natürlich alles unschön in die Länge. Vor dem Gebäude habe ich vorher bereits einen Journalisten von der Klatschpresse gesehen. Ich kann Ihnen versprechen – mit jeder Minute, die verstreicht, werden das mehr werden. Jetzt könnten wir Sie vielleicht noch unbemerkt vom Gelände eskortieren. In ein, zwei Stunden wird das unmöglich sein! Ihr Exfreund Michel ist bereits auf dem Heimweg, weil er uns brav die Wahrheit gesagt hat. So läuft das eben."

In einer verzweifelten Geste zuckte Julie mit den Schultern und zwinkerte Samuel und Sylvain zu. Das letzte, was die Diva gebrauchen konnte, war schlechte Presse. Das hatte sie schließlich immer wieder gesagt. Warum sich diese Angst nicht zunutze machen? Und es wirkte. Nachdem sie einige Minuten lang angestrengt nachgedacht hatte, während derer sich ein unangenehmes Schweigen über den Raum gelegt hatte, warf sie den Ermittlern einen Happen hin.

„Es stimmt, ich war nicht bei Michel. Es war eine Notlüge. Ich wusste, dass er mir helfen würde, denn er ist hoffnungslos in mich vernarrt. Er hat mir immer wieder gesagt, dass ich die Einzige bin, die er je geliebt habe. Die Ehe mit seiner Frau sei nur eine praktische Gewohnheit, die beiden kennen sich seit Ewigkeiten. In mir aber hat er die wahre Liebe gefunden. Haben Sie mal seine Frau gesehen…" Bevor sie weiterreden konnte wurde sie von Julie wütend unterbrochen.

„Ja, das habe ich. Sie ist eine herzensgute, nette Frau, die ihrem untreuen Ehemann vertraut hat."

Beruhigend legte Samuel ihr eine Hand auf den Arm und übernahm die Befragung.

„Und warum mussten Sie wegen des Alibis lügen? Vielleicht weil Sie gar keins hatten? Weil in Wirklichkeit *Sie* Ihren Exmann umgebracht haben, richtig?"

Madame Delamares Gesicht lief rot an.

„Wie können Sie es wagen, mir so etwas zu unterstellen? Niemals hätte ich..." Sie schnappte theatralisch nach Luft und deutete mit einer Handbewegung an, dass sie ein Glas Wasser brauche. Samuel ignorierte die schauspielerisch gelungene Einlage und fuhr fort:

„Ihr Motiv ist sehr stark. Wir wissen, dass Ihr Mann viel Geld auf seinen Konten hatte. Und Sie wussten von diesem Vermögen, da er alles bei der Scheidung vor Gericht offenlegen musste. Manch einer hat schon für weniger gemordet!"

Sie schnaubte hörbar aus und rief mit schriller Stimme:

„Nochmals: Ich habe Christophe nicht umgebracht. Ich habe gelogen, weil ich bei einem Mann war!"

Kurz schien sie selbst über ihr Geständnis zu erschrecken.

„Das haben Sie schon einmal gesagt", warf Sylvain zweifelnd ein, aber die Cellistin beeilte sich zu erklären.

„Vor etwa zwei Monaten lernte ich einen Mann kennen. Ich habe daraufhin sofort mit Michel Schluss gemacht. Zum Tatzeitpunkt war ich mit ihm zusammen!"

Sie lehnte sich zurück und schien sich durch das Geständnis etwas zu entspannen.

„Wer ist dieser Mann?", bohrte Samuel nach, aber die Cellistin hob abwehrend die Hände.

„Das kann ich Ihnen nicht sagen, denn…"

Doch bevor sie weiterreden konnte, wurde die Tür aufgerissen und ein kleiner, untersetzter Mann im Anzug eilte herein. Er knallte seine Aktentasche auf den Tisch und bellte:

„Ich bin der Anwalt von *madame* Delamare. *Monsieur* Neuf hat mich darüber informiert, dass sie hier festgehalten wird - ohne Beweise!"

Samuel hob beschwichtigend die Hände.

„Vielleicht gibt es keine Beweise, aber ein Motiv, kein Alibi und eine Menge Lügen. Das macht Ihre Mandantin zu unsrer Hauptverdächtigen!"

„Dann finden Sie Beweise, die für eine Untersuchungshaft reichen. Bis dahin nehme ich *madame* Delamare mit!"

Er reichte ihr galant den Arm und sie erhob sich und hängte sich bei ihrem Anwalt ein.

„Verlassen Sie nicht die Stadt!", rief Julie den Herauseilenden noch hinterher, dann fiel die Tür mit einem lauten Knall ins Schloss.

„Das darf doch nicht wahr sein!"

Wütend schlug Julie auf den Tisch.

„Sie ist es, ich kann das spüren. Sie lügt wie gedruckt und kommt damit durch!"

„Aber ihr Anwalt hat nicht Unrecht", mischte sich nun Sylvain ein.

„Wir haben keinen einzigen Beweis!"

„Aber", überlegte Samuel und legte einen Arm um Julie, „das fehlende Alibi und das Motiv sollten reichen, damit wir vom Gericht einen Durchsuchungsbeschluss für ihre Räumlichkeiten bekommen. Und dort finden wir vielleicht die fehlenden Beweise!"

Noch während er sprach hatte Julie ihr Handy gezückt und die Nummer des diensthabenden Richters gewählt.

Samstag

Das Handy riss sie aus einem unruhigen Schlaf. Es brauchte einen kurzen Moment, bis sie wusste, wo sie war. Gähnend schlug sie ihre Bettdecke beiseite und tastete nach ihrem Handy, das wie immer am Fußboden neben ihrem Bett lag.

„*Qui*?", nuschelte sie müde in den Hörer.

„Du hörst dich aber verschlafen an", drang Alains gutgelaunte Stimme an ihr Ohr.

„Alain, was gibt es um…", Ihr Blick wanderte zur Digitalanzeige ihres Weckers, „…um halb sechs in der Früh?"

„Ich wollte dir nur schnell Bescheid geben, dass wir im Haus der Cellistin nichts Belastendes finden konnten. Die ist sauber, zumindest nach dem, was die Spuren in ihrem Haus erzählen."

„Bist du sicher?" Schon wieder entkam Julie ein langer, lauter Gähner.

„Ganz sicher. Wir haben das ganze Haus auseinandergenommen. So, jetzt muss ich los. Heute in aller Früh gab es einen Überfall nahe der Uni in Rennes. Da muss ich gleich hin. Ich wollte dir nur vorher schnell Bescheid geben!"

„*Merci Alain*!"

Julie legte ihr Handy auf den Nachttisch und setzte sich auf. Der Boden unter ihren Füßen war eiskalt und sie konnte den Wind hören, der an ihren Fensterläden rüttelte. Mit Entsetzen erinnerte sie sich daran, was gestern Abend noch passiert war, als sie spät nach der langen Befragung endlich nach Hause gekommen war. Sie hatte ihr Auto wie immer in der Einfahrt vor der Garage parken wollen, als sie verwundert festgestellt hatte, dass dort bereits ein Auto stand. Als sie am Straßenrand geparkt hatte und zornig ausgestiegen war, um das Auto näher in Augenschein zu nehmen, hatte sie gemerkt, dass jemand darinsaß. Wütend hatte sie gegen die Fensterscheibe der Fahrerseite geklopft und im nächsten Augenblick gemeint, ihr Herz bliebe stehen. Frank hatte ihr den Kopf zugewandt und sie angelächelt. Als er die Fahrertür geöffnet hatte, war ihr ein Schwall an Alkoholdunst entgegengeströmt und am Beifahrersitz hatte sie leere Bierdosen und eine Flasche Scotch entdeckt. Irgendwie hatte er sie überredet mit ins Haus zu kommen und da sie ihn so betrunken wie er gewesen war, nicht hatte erlauben können, nachhause zu fahren, hatte sie ihn kurzerhand auf die Couch verfrachtet.

Dort schlief er immer noch tief und fest und schnarchte dabei gleichmäßig, als Julie leise die Treppe hinunterstieg und am Sofa vorbei in die Küche ging, um sich einen starken Kaffee zu kochen. Sie füllte die silberne Kanne mit Wasser und schaufelte Espressopulver in das Sieb. Sie war so wütend auf Frank. Zuerst verließ er sie und mied sie wie die Pest und plötzlich kontaktierte er sie und stand sogar besoffen vor ihrer Tür. Es hatte lange gedauert, bis sie sich mit der Trennung abgefunden hatte, und sie war nicht bereit, diese emotionale Errungenschaft für einen kleinen Ehekrach ihres Exmannes mit der neuen Frau, dessen Wogen sich sicher bald wieder glätteten, aufzugeben. Der herbe Geruch des Espressos, der auf dem Herd zu brodeln begann, beruhigte sie. Sie schnappte sich ihre blaue Espressotasse aus Steingut, die ihr Lisa vor langer Zeit mal zum Geburtstag geschenkt hatte und füllte sie randvoll. Dann ließ sie sich an ihrem runden Küchentisch nieder, zündete sich eine Zigarette an und nippte an dem heißen Getränk.

Plötzlich vernahm sie hinter sich ein Räuspern.

„*Je suis desolé*, es tut mir leid", sagte Frank und setzte sich neben sie an den Tisch.

„Ich war..."

Er rang nach Worten und als er nicht die richtigen fand, schwieg er einfach. Julie musterte ihn. Er sah mitleidserregend aus. Seine schwarzen Haare waren verstrubbelt und standen zu allen Seiten ab. Julie fiel auf, dass sich bereits einige silberne Strähnen darin befanden. Seine Augen waren rot und er hatte eine blasse, ungesunde Gesichtsfarbe. Sie konnte sich nicht erinnern, dass er jemals viel getrunken hatte, und daher wunderte sie sich, was ihn gestern dazu bewogen hatte, sich so gehen zu lassen.

„Ich habe mich gestern von Vanessa getrennt", gab er ihr die Antwort, ohne dass sie ihn gefragt hatte.

„Es lief schon länger nicht mehr gut, aber du weißt ja selber, es fällt mir schwer, zu reden, etwas einzugestehen. Wir haben lange geredet und dann habe ich meine Koffer gepackt und bin losgefahren. Ich wusste nicht, wohin und der einzige Mensch, mit dem ich sprechen wollte, warst du. Also bin ich hierhergefahren."

„Bist du betrunken Auto gefahren?"

Für einen Moment kam die Polizistin in ihr durch.

„Nein, nein", wiegelte er ab.

„Ich hatte mir von daheim ein paar Bier und einen Scotch mitgenommen. Das wollte ich eigentlich mit dir trinken, weil ich doch weiß, wie gern du Islay Whisky magst, aber als du nicht da warst..."

Er ließ den Satz unvollendet im Raum stehen.

„...da hast du dich vor meinem Haus betrunken und gewartet, dass ich nach Hause komme!"

Er nickte und Julie erhob sich, um ihm einen Becher Kaffee zu reichen.

„Es tut mir leid, dass deine Ehe gescheitert ist", und sie ergänzte im Kopf ein gehässiges *schon wieder*.

„Aber denkst du ernsthaft, dass ich die richtige Person bin, mit der du über deine Eheprobleme reden solltest? Schließlich hast du mich für diese Frau verlassen!"

„Ich weiß", sagte Frank und blickte sie schuldbewusst an.

„Ich habe dir damals furchtbar weh getan und eigentlich sollte ich dich in Ruhe lassen, aber keiner kennt mich besser als du und ich musste mit jemanden reden, der mich versteht!"

Julies Gedanken fuhren Karussell. Einerseits verstand sie Frank. Sie waren so viele Jahre zusammen gewesen und wussten so viel übereinander, wie kein anderer. Auf der anderen Seite war sie wütend, dass er sie in sein Gefühlschaos hineinziehen wollte, nachdem sie endlich Frieden mit diesem Teil ihrer Vergangenheit geschlossen hatte.

„Tut mir übrigens leid mit Lisa. Ich habe es letztes Jahr in der Zeitung gelesen!"

Julie nickte nur verkrampft und musste, wie immer, wenn das Gespräch auf ihre Freundin kam, die Tränen zurückhalten.

„Hör zu Frank. Es tut mir leid, dass du Probleme hast, aber ich habe keine Zeit dir zu helfen. Ich stecke in einem heftigen Fall fest und finde kaum Zeit für mich. Da ist einfach kein Platz für dich und deine Sorgen!"

Ein wissendes Lächeln legte sich über sein Gesicht und er wiegte gedankenverloren den Kopf von einer zur anderen Seite.

„Es hat sich nichts verändert. Du bist immer nur auf dem Sprung und ich sitze hier und warte auf deine Aufmerksamkeit."

Abrupt erhob sich Julie und stieß dabei den Stuhl so heftig nach hinten, dass er umfiel und mit einem lauten Knall auf dem Steinfußboden prallte.

„Ich muss in die Arbeit. Du kannst hier noch frühstücken. Hau einfach die Tür hinter dir zu, wenn du gehst."

Mit diesen Worten rauschte sie aus der Tür.

***

„Wer ist nur dieser mysteriöse Geliebte?", rätselte Sylvain und rieb sich die müden Augen. Das Büro war an diesem Samstag kaum besetzt, aber Julie, Samuel und Sylvain waren unaufgefordert gekommen, um weiter am Fall zu arbeiten.

„Was hat es mit diesem Mann auf sich? Ist er vielleicht ein Prominenter? Ein Politiker?", grübelte Samuel und schlürfte an seiner dritten Tasse Kaffee.

„Vielleicht gibt es diesen Mann einfach nicht", schlug Julie vor.

„Ich glaube langsam wirklich, dass sie die Taten begangen hat. Der Tod ihres Exmannes beschert ihr ein dickes Erbe, das sie allein verprassen kann, da die Kinder ja im Internat in der Schweiz sind. Audrey hat vielleicht was gewusst und sie damit erpresst. Nur weil in ihrer Wohnung nichts zu finden war heißt das doch nicht, dass es keine Beweise gibt. Wurde ihr Auto durchsucht?"

Samuel zuckte die Schultern.

„Davon hat Alain nichts gesagt."

„Wir müssen sie noch mehr unter Druck setzen. Wovor hat sie am meisten Angst? Vor schlechter Presse. Das machen wir uns zunutze. Samuel, du kennst doch den netten Typen vom Lokalblatt. Wie hieß er nochmal?"

„Fabien? Nein, Julie, das können wir nicht machen. Das wäre nicht richtig und Geständnisse, die sie unter Druck macht, wären vor Gericht doch nicht tragbar."

„Ich will ihr doch gar kein Geständnis herauspressen", entgegnete Julie und grinste.

„Ich will sie nur dezent darauf hinweisen, dass es übel für ihre Karriere wäre, wenn die Presse von ihren Lügen Wind bekäme. Alles nur im Konjunktiv. Und dann beobachten wir sie. Vielleicht macht sie einen Fehler."

Man konnte Samuel ansehen, dass er mit diesem Vorschlag nicht einverstanden war, aber da auch er keinen anderen Weg sah, stimmte er schließlich zu. Gerade als sie sich auf den Weg nach Rennes zum Haus der Cellistin machen wollten, klingelte Julies Telefon.

„Geht schon mal zum Auto, ich komme gleich nach!", rief sie ihren Kollegen zu, die schon in der Tür standen und nahm dann den Anruf entgegen.

Die nächsten Minuten lauschte sie angespannt und ihre Mimik wechselte dabei von Verwunderung zu Entsetzen und schließlich zu blanker Wut. Als sie sich von ihrem Anrufer verabschiedete, stand sie einige Sekunden reglos im Raum und versuchte das, was sie soeben gehört hatte, zu verdauen. Dann lief sie ihren Kollegen hinterher.

***

„*Madame* Delamare, wir möchten jetzt den Namen des Mannes wissen, der Ihnen ein Alibi geben kann!"

„Nein", herrschte die Diva die drei Ermittler an und ihre Stimme klang beherrscht und scharf. Hier in ihrem Haus hatte sie das Sagen und das zeigte sie den dreien deutlich.

„Ich hätte Sie gar nicht ins Haus lassen müssen. Es war mein gutes Herz und mein guter Wille, der ihnen die Tür geöffnet hat. Ich bin unschuldig. Mein ganzes Haus wurde auseinandergenommen, ohne dass irgendetwas gefunden wurde. Sie haben keine Beweise. Nichts. Also lassen Sie mich in Ruhe!"

„Zwei Menschen sind gestorben", zischte Julie, der langsam die Geduld ausging.

„Wir brauchen nur Ihr Alibi, um Sie als Verdächtige ausschließen zu können. Dann können wir unsere Aufmerksamkeit auf andere Ermittlungsfäden richten. Sie verschwenden mit Ihrer Verweigerungshaltung unsere wertvolle Zeit und verschaffen dem Täter so ausreichend Zeit, zu verschwinden, wenn Sie nicht selber die Mörderin sind. Also reden Sie!"

Die Cellistin blickte Julie von oben herab an und sagte langsam und betont:

„Ich habe niemanden getötet, also können Sie Ihre Aufmerksamkeit getrost auf andere richten!"

Die Tür ging auf und die Hausangestellte brachte ein Tablett mit Tee und Gebäck.

„Gehen Sie", wurde sie von ihrer Arbeitgeberin angeherrscht. „Diese Leute bleiben nicht länger, daher brauchen Sie auch keinen Tee!"

Unter unzähligen Entschuldigungen verschwand die Frau wieder mit dem Tablett.

„Sie sind eine angesehene und beliebte Künstlerin. Ihre Erfolge werden in den Medien gefeiert, ihr Terminkalender ist voll. Sie sind auf dem Zenit des Erfolgs!"

Samuels Stimme war seltsam ruhig und tief. Delamare nickte und fragte verständnislos:

„Das weiß ich. Warum erzählen Sie mir das alles?"

„Sie hatten das große Glück, dass vor vielen, vielen Jahren der erfolgreiche Starkoch Christophe Delamare in dem Krankenhaus behandelt wurde, in dem Sie als Krankenschwester arbeiteten. Er hat sich sofort in Sie verliebt. Und Sie sahen Ihre große Chance gekommen – ein Leben weit weg von anstrengender Schichtarbeit und schlechtem Gehalt. Er hat Ihr Talent erkannt und gefördert."

Verwirrt hob sie die Schultern und sah ihn fragend an.

„Ruhm ist sehr vergänglich", ergänzte er und schwieg dann.

„Hören Sie zu: Ich weiß nicht, was Sie mir damit sagen wollen, aber ich habe keine Zeit für so etwas. Ich muss üben. Morgen habe ich einen großen Auftritt in Rennes, und nächste Woche spiele ich in London. Daher gehen Sie jetzt endlich und lassen Sie mich in Ruhe!"

Ihre Stimme hatte immer mehr an Lautstärke gewonnen. Nun schrie sie fast. Unbeeindruckt von diesem Gefühlsausbruch, sagte Julie, die dabei Samuel anblickte:

„Bisher haben wir es ja geschafft, dass *madame* Delamare gut aus dem Medienrummel rund um unsere Ermittlung herausgehalten wird. Aber wenn wir weiter keine Ermittlungserfolge vorweisen können, dann wird sich das bald ändern!"

Samuel nickte und ergänzte:

„Jeden Tag rufen unzählige Presseleute im Büro an und bombardieren mich mit Fragen. Bisher ist es mir gelungen sie abzuwimmeln..."

„Was, wenn Sie davon Wind bekommen, dass die trauernde Witwe in Wirklichkeit unter Mordverdacht steht?", rief Sylvain dazwischen.

Édiths Gesicht war starr wie ein Stein. Sie hatte verstanden, was dieses Theater, das die drei Ermittler vor ihr aufführten zu bedeuten hatte. Es war eine gut verpackte Warnung.

„Aussagen, die unter Druck entstanden sind, haben vor Gericht kein Gewicht", zischte sie, aber ihre Stimme hatte an Selbstbewusstsein verloren.

„Aber wir üben doch keinen Druck aus", wandte Samuel ein und hob verteidigend die Hände.

„Wir informieren Sie doch nur über unsere bisherigen Bemühungen, die Pressemeute von Ihnen als Medienstar fernzuhalten."

Édith Delamare erhob sich und zupfte ihren Hosenanzug zurecht. Sie blickte die drei von oben herab an, dann verließ sie, ohne ein weiteres Wort zu sagen, den Raum.

***

Das Café, in das sie Sylvain geführt hatte, war klein und eng. Dafür schmeckte der Kaffee, und die Croissants, die die nette Bedienung ihnen brachte, waren köstlich.

„So ein Miststück!", schimpfte Samuel, der sich nicht beruhigt hatte, seit sie das Haus der Cellistin verlassen hatten. Nachdem diese einfach gegangen war, hatten sie noch eine Viertelstunde gewartet, in der Annahme, sie würde zurückkommen. Eines Besseren belehrt, mussten sie schließlich einsehen, dass die Befragung wohl beendet war. Da sie alle müde waren und Hunger hatten, hatte Sylvain vorgeschlagen, sein Stammcafé aufzusuchen.

Samuel schob Julie ein weiteres Croissant hin, aber die schüttelte den Kopf.

„Was ist los, *jolie Julie*? Du bist so still."

Julie hatte seit ihrem Telefonat im Büro einen Gedanken in ihrem Kopf sitzen, der ihr keine Ruhe ließ. Es war ein stiller Verdacht, undenkbar, aber vielleicht doch wahr. Bei der Befragung der Musikerin hatte sie gehofft, eines Besseren belehrt zu werden. Sie hatte inständig und leise darum gebettelt, dass diese den Namen ihres Geliebten preisgeben würde, nur um sicherzugehen, dass ihr eigener Gedanke falsch war. Dass sie Unrecht hatte. Doch mit jeder Minute, die verstrich, war sie sich sicherer. Es passte alles.

„Julie!"

Samuel stupste sie in die Seite, so dass sie aufschreckte.

„Was ist denn los? Du bist mit deinen Gedanken ganz woanders?"

Julie riss sich zusammen. Sie musste ihr Wissen mit den beiden teilen und dann gemeinsam überlegen, wie sie weiter vorgehen könnten.

„Ich denke, ich weiß, wer Édith Delamares Geliebter ist", sagte sie. Samuel und Sylvain sahen sie erstaunt an.

„Wie denn das? Sie hat doch nichts verraten. Oder habe ich was übersehen? Etwas nicht gehört, was sie gesagt hat?"

Sylvain war sichtlich aufgeregt.

„Vorhin im Büro hat Victor angerufen."

„Victor von der Spurensicherung?"

Julie nickte. Sie kannte den netten Ermittler seit vielen Jahren. Sie hatten schon zusammengearbeitet, bevor der in Alains Team angefangen hatte.

„Und was wollte er", hakte Samuel nach.

Julie holte tief Luft.

„Er war gestern bei der Hausdurchsuchung bei Édith Delamare dabei. Er konnte mir bestätigen, dass sie nichts Brauchbares gefunden haben. Aber ihm ist etwas aufgefallen."

Sie trank einen Schluck Kaffee, während die anderen beiden sie gespannt ansahen.

„Er hat mitbekommen, wie Alain anscheinend Sachen eingesteckt hat."

Das Gesagte hing für einen Moment zwischen den dreien.

„Warum", murmelte Samuel, „sollte Alain bei einer Hausdurchsuchung etwas einstecken?"

Sein Gesicht, ein großes Fragezeichen, blickte Julie an, die wiederum Sylvain anblickte. Der schien verstanden zu haben und schlug die Hand vor den Mund.

„Du glaubst doch nicht…? Nein, das kann ich mir nicht vorstellen. Alain? Unser Alain?"

Julie nickte nur langsam und still mit dem Kopf. Warum sollte Alain anders sein als Michel Neuf oder, da war sich Julie sicher, viele weitere Männer, die den Reizen der attraktiven Musikerin erlegen waren?

„Aber wo soll er die Cellistin denn getroffen haben? Woher kennt er sie?", fragte ein sichtlich erschütterter Samuel, nachdem die Botschaft nun auch zu ihm durchgedrungen war.

„Diane hat mir bei unserem Abendessen erzählt, dass Alain klassische Musik liebt. Sie hat gesagt, sie würden oft auf Konzerten gehen. Also ist es nicht unwahrscheinlich, dass Alain bei einer solchen Gelegenheit auf Édith Delamare aufmerksam wurde oder sie sogar getroffen hat. Es ist nicht unüblich, dass Musiker in der Konzertpause oder danach ins Foyer gehen. Und gerade bei der Delamare kann ich mir das gut vorstellen. Sie giert doch nach Aufmerksamkeit und Bewunderung."

Julie nippte an ihrem Kaffee, der inzwischen kalt geworden war. Die Croissants lagen angebissen auf den Tellern von Samuel und Sylvain. Beiden schien der Appetit vergangen zu sein.

„Was sollen wir jetzt tun?", fragte der Jüngere sichtlich verzweifelt.

„Sollen wir ihn verhaften?"

„Warum verhaften?", raunzte ihn Samuel grob an, nur um sogleich eine Hand beruhigend auf Sylvains Arm zu legen.

„Entschuldige, aber was soll das bringen? Wir haben Victors Aussage, aber bevor wir irgendetwas unternehmen, sollten wir herausfinden, was Alain mitgenommen hat. Vielleicht war es ja auch etwas völlig Harmloses?"

Julie nickte. Diese Möglichkeit bestand natürlich. Aber insgeheim wusste sie, dass die Wahrscheinlichkeit gegen Null ging. Victor mochte seinen Chef sehr gerne, das wusste Julie. Sein Schritt, Alains Fehltritt bei der Hausdurchsuchung Julie zu melden, war ihm sicherlich nicht leichtgefallen. Ohne die Sicherheit, dass das, was er gesehen hatte, von Belang war, hätte er Julie sicher nicht aufgesucht.

„Wir müssen mit ihm sprechen!", meinte Samuel und schob sein Frühstück von sich. „Wir müssen ihm immerhin die Chance geben, sich zu verteidigen, bevor wir das offiziell melden. Schließlich ist er unser Kollege!"

„Und unser Freund", ergänzte Julie traurig und trank den letzten Schluck ihres Kaffes.

„Vielleicht ist ja doch alles nur ein großes Missverständnis", versuchte Sylvain seine Kollegen aufzumuntern und sie nickten dankbar für diesen Versuch. Insgeheim wusste aber jeder der drei, dass er im Unrecht war.

***

„Ich habe gerade unter einem Vorwand Diane angerufen", berichtete Julie.

„Sie ist bei einer Freundin zum Kaffeetrinken und wird erst am späten Nachmittag wieder nach Hause kommen. Das gibt uns ausreichend Zeit, in Ruhe mit ihm zu sprechen. Wenn unser Verdacht, dass er der Geliebte von Édith Delamare ist, stimmt, dann sollten wir das Diane schonend beibringen."

Ihre zwei Kollegen nickten. Julie ließ das Fenster hinab und zündete sich eine Zigarette an. Samuel, der auf dem Beifahrersitz saß, nestelte nervös an seiner Psychozigarette herum, die er hinter seinem Ohr hervorgezogen hatte. Julie konnte sich lebhaft vorstellen, wie gern er diese jetzt anzünden würde. Sylvain, der auf der Rückbank saß, war ungewöhnlich still. Julie wusste, dass die Erkenntnis ihn besonders traf. Er war jung und glaubte fest an das Gute. Für ihn war es unvorstellbar, dass der nette, aufgeschlossene Alain, den er so mochte und mit dem er so viele Tassen Kaffee getrunken und dabei geredet und gelacht hatte, sie die ganze Zeit über in Bezug auf die Cellistin belogen hatte. Für Julie war es ebenfalls ein Schock gewesen, aber sie hatte in ihrem Leben schon mehrfach die Erfahrung gemacht, dass Menschen Geheimnisse hatten, die sie nur zu gut vor ihren Mitmenschen verbergen konnten. Das beste Beispiel war ihr eigener Vater gewesen, der angesehene und allseits beliebte *commissaire* Roche, der insgeheim ein Doppelleben geführt hatte und zusammen mit seinem Dienstpartner in kriminelle Machenschaften verwickelt war, die schließlich in einem Mord endeten. Aber auch in ihrem guten Freund und zeitweisen Geliebten Louis, der das Restaurant in Cancale vor den Neufs geführt hatte, hatte sie sich getäuscht. Plötzlich wallte Wut in ihr auf. All die Menschen, die sie in ihrer Vergangenheit belogen und betrogen hatten, tauchten vor ihrem inneren Auge auf: Ihr Vater, Louis und auch Frank, der für einige Zeit ein Doppelleben geführt hatte – als ihr Ehemann und der Geliebte seiner späteren Frau. Nun hatte sich auch Alain, ihr geschätzter Kollege in diese traurige Reihe eingegliedert. Besonders leid tat es Julie für Diane. Sie mochte die herzliche und stets gut gelaunte Frau so gerne. Sie hatte es einfach nicht verdient, so hintergangen so werden. Es war ungerecht! Energisch schnippte sie die Zigarette aus dem Fenster und schlug mehrmals kräftig auf ihr Lenkrad ein. Erschrocken blickte Samuel sie an.

„Soll ich lieber ich fahren?"

Sie schüttelte den Kopf.

„Geht schon wieder", murmelte sie in sich hinein, spürte aber gleichzeitig, wie Tränen in ihren Augen brannten. Das Leben war manchmal so ungerecht.

Als sie die breite Zufahrt zu dem Haus der Durands hochfuhren, lag das alte *manoir* inmitten des parkähnlich angelegten Vorplatzes so friedlich in der Mittagssonne, dass Julie sich kurz der Illusion hingab, alles sei nur ein Traum. Nachdem sie ihr Auto neben Alains geparkt hatte, stieg sie aus. Dianes kleiner Smart stand nicht in der Zufahrt. Sicherlich war sie damit zu ihrer Freundin gefahren. Die drei Ermittler gingen zur schweren Eingangstür aus Holz und klingelten. Nichts regte sich. Nachdem sie mehrmals geläutet und geklopft hatten, wählte Julie Alains Handynummer. Ein kurzer Moment der Stille, dann hörten sie einen Klingelton aus dem Haus.

„Er muss zuhause sein", meinte Julie und begann die lange Fensterreihe abzulaufen, die entlang des großen Wohnzimmers führte. Alle Vorhänge waren zugezogen.

„Vielleicht hat Victor ihm gebeichtet, dass er uns von seinen Beobachtungen erzählt hat und Alain macht deswegen nicht auf!", mutmaßte Sylvain.

„Das glaube ich nicht", entgegnete Julie.

„Aber irgendetwas stimmt hier nicht, das fühle ich!"

Sie lief um das Haus herum, inspizierte jedes Fenster und stand schließlich vor der Hintertür, die zur Küche führte. Verschwommen erinnerte sie sich daran, dass Diane während des Kochens mehrmals hinausgegangen war – um Holz für den Ofen zu holen, um Kompost hinauszubringen oder als sie Getränke geholt hatte, die in einem alten Schuppen hinter dem Haus lagerten. Damals war die Tür stets unverschlossen gewesen. Julie drückte die Klinke herunter und die Tür sprang mit einem lauten Knarzen auf.

„Sylvain, Samuel! Kommt her! Hier ist eine Tür offen!"

Während die anderen um das Haus herumliefen, betrat Julie die große Küche. Wie immer war alles tadellos aufgeräumt. Nur auf dem runden Küchentisch standen zwei leere

Kaffeetassen mit eingetrockneten Resten und ein Teller, auf dem einige Brotscheiben lagen. Julie durchquerte die große Küche und stand im breiten, langen Flur. Die dicken Dielenbretter unter ihren Füßen knarzten bei jedem Schritt. An der Wand hingen mehrere Fotografien in silbernen Rahmen - Landschaftsaufnahmen. Sie öffnete die Tür zum Wohnzimmer und warf einen Blick hinein. Es lag still und verlassen vor ihr. Die Sessel waren ordentlich um den Couchtisch herum angeordnet und der offene Kamin war sauber und ausgekehrt. Hinter ihr erschienen atemlos Sylvain und Samuel.

„Hast du ihn gefunden? Ist er hier?"

Julie schüttelte den Kopf und deutete auf eine Tür ganz am Ende des langen Ganges.

„Dort ist sein Arbeitszimmer. Ich sehe da nach und Ihr lauft hoch und überprüft die Schlafzimmer und das Bad."

Während die anderen beiden die Treppe hochpolterten schritt Julie an weiteren Fotoreihen, die die Wand schmückten, entlang zum Arbeitszimmer. Alain hatte sie bei ihrem letzten Besuch hineingeführt und ihr stolz eine alte und sehr wertvolle Shakespeare - Gesamtausgabe gezeigt, die in einer Glasvitrine gut verschlossenen neben seinem Schreibtisch aufbewahrt war. Vor der Tür blieb sie stehen. Um den Türrahmen herum waren viele kleine Schwarzweißaufnahmen von Oldtimern aufgehängt. Julie erkannte ein Modell, einen VW Käfer, den ihr Vater gefahren hatte. Eine Welle von Wehmut schwappte über sie. Sie erinnerte sich, wie sehr er an diesem Auto gehangen hatte und es nur schweren Herzens hatte abgeben können, als es, nach vielen Jahren guter Dienste, seinen Geist aufgegeben hatte. Damals war ihr Vater noch ihr Held gewesen. Ein Vorbild, an dem sie sich orientiert hatte und ihr wichtigster Bezugspunkt, nach dem sie ihre Mutter verloren hatte.

„Reiß dich zusammen!", schalt sie sich selbst und zwang sich, nicht mehr an ihren Vater zu denken.

Entschlossen drückte sie die Klinke hinunter und stieß die Türe auf. Der Anblick, der sich ihr bot, verschlug ihr die Sprache. Alain Durand saß an seinem Schreibtisch. Der linke Arm ruhte auf der Tischplatte, der rechte hing schlaff nach unten. Sein Kopf war in den Nacken gefallen und sein Mund stand weit offen. Aus einer Wunde an seiner rechten Schläfe zog sich eine schmale Blutspur das Gesicht hinab. Julie umrundete vorsichtig den Schreibtisch und sah rechts unten am Boden eine Pistole liegen.

Hinter sich hörte sie Stimmen.

„Julie, was ist los? Du hast geschrien?"

Samuel stand plötzlich neben ihr und nahm sie in den Arm, während Sylvain schon das Handy am Ohr hatte und Verstärkung rief.

***

Müde wischte sich Julie über die Augen und griff dankbar nach dem Espresso, den ihr Samuel reichte. Sie saß an ihrem Schreibtisch und hatte versucht das Bild des toten Alains aus ihrem Gedächtnis zu vertreiben. Erfolglos. Erschüttert hatte sie die ersten Minuten nach ihrer Entdeckung erstarrt vor dem Toten gestanden, während Samuels Arme sie tröstend umschlugen hatten. Nach einiger Zeit war sie aus ihrer Erstarrung erwacht und hatte, jedoch immer noch wie in Trance, alle weiteren Schritte unternommen, die nun nötig waren. Nachdem die Polizei eingetroffen war sowie das Team der Spurensicherung und nachdem sie alle Befragungen zum Auffinden der Leiche über sich hatte ergehen lassen müssen, war sie in ihr Auto gesprungen und nach Dinard gefahren, wo Diane sich gerade bei einer Freundin aufgehalten hatte. Da starker Verkehr geherrscht hatte und auch noch ein Sturm aufgezogen war, hatte sie statt der normalen zwanzig Minuten fast eine Dreiviertelstunde gebraucht. Als sie die Stadtgrenze von Dinard passiert hatte, hatte sie Diane angerufen und sich die Adresse der Freundin geben lassen. Wie erstaunt war Alains Frau gewesen, als plötzlich Julie vor der Tür gestanden hatte. Es war ein schweres Gespräch gewesen und Julie war dankbar für Marion, Dianes Freundin, gewesen, die sogleich die Initiative ergriffen und einen befreundeten Arzt angerufen hatte. Der hatte Diane ein Beruhigungsmittel gespritzt und als Julie gefahren war, hatte Alains Witwe auf der Couch ihrer Freundin tief und fest geschlafen. Marion hatte ihr versprochen, sich um Diane zu kümmern. Sie könne, hatte Marion vorgeschlagen, erstmal bei ihr wohnen, bis es ihr besser ging.

Langsam trudelte das Team ein. Samuel, der neben ihr saß und ebenfalls eine Kaffeetasse in der Hand hielt, winkte Sylvain zu, der soeben mit rotgeränderten Augen in Julies Büro kam. Ihm folgten zwei Beamte, die direkt nach dem Notruf am Tatort eingetroffen waren, sowie, ebenfalls sichtlich erschüttert, Dr. Moulin und Victor von der Spurensicherung.

Mit einem tiefen Seufzer stellte Julie ihre Tasse auf den Schreibtisch, dessen weiße Arbeitsfläche bereits von unzähligen dunklen Kaffeerändern geschmückt war.

„Bringen wir es hinter uns!", sagte sie mit leiser Stimme.

„Dr. Moulin, können Sie schon etwas sagen!"

Der behäbige Pathologe kratzte sich an seinem immer schütter werdenden Haarkranz und rang nach Worten.

„Man hat nicht jeden Tag einen Kollegen und Freund auf der Bahre", begann er seine Ausführungen und Julie sah Tränen in seinen Augen glitzern.

„Auf den ersten Blick hätte ich gesagt: Selbstmord!"

Er schwieg und verdrehte nervös seine Finger ineinander.

„Und auf den zweiten?“, hakte Julie nach.

„Glatter Einschuss in die rechte Schläfe. Seine rechte Hand hing hinab, darunter lag die Waffe. Victor hat mir bereits gesagt, dass sich nur Alains Fingerabdrücke auf der Waffe befinden.“

„Und was lässt Sie daran zweifeln, dass es Selbstmord war? Mir kommt das nicht abwegig vor. Vielleicht hatte er mitbekommen, dass Victor ihn beobachtet hatte. Dazu die Zerrissenheit zwischen seiner Frau und der schönen Geliebten. Er musste Angst um seinen Job und seine Ehe gehabt haben.“

„Das mag alles stimmen“, pflichtete ihr der Arzt bei und Julie sah, dass sein sonst so rotglänzendes Gesicht heute fahl war.

„Aber dann müssen Sie mir erklären, warum er mit der rechten Hand die Waffe hielt, wo er doch Zeit seines Lebens Linkshänder war!“

Julie setzte sich kerzengerade auf.

„Und das wissen wir sicher?“

Dr. Moulin nickte.

„Zufälligerweise hatte ich erst vor wenigen Monaten einen ähnlichen Fall auf dem Tisch – als Selbstmord getarnter Mord, nur dass damals das Opfer Rechtshänder war, also genau andersherum als jetzt. Ich habe mit Alain über den Fall gesprochen und dabei erwähnte er, dass er Linkshänder sei.“

„Wie wahrscheinlich ist es, dass man im emotionalen Ausnahmezustand aus Versehen die falsche Hand benutzt?“

Moulin wiegte den Kopf.

„Ich halte das für sehr, sehr unwahrscheinlich. Wenn das tatsächlich der Fall gewesen wäre, dann hätte meines Erachtens der Schuss nicht so gut gesessen. Das war Maßarbeit. Alain hatte zwar einen Waffenschein und trainierte oft am

Schießplatz, aber dass er mit der ungeübten Hand so präzise trifft? Nein, ich denke, das können wir ausschließen!"

„Was gibt es denn zur Waffe zu sagen?"

Julie wandte sich an den blassen Victor. Den kostete es sichtlich Überwindung über seinen toten Chef zu sprechen. Sicherlich machte er sich, wie Julie vermutete, auch Vorwürfe. Wenn er seine Beobachtung nicht gemeldet hätte, würde Alain dann jetzt noch leben? Wenigstens diese Ungewissheit würden sie dem armen Kerl nehmen können, wenn sich Alains Tod als Mord herausstellte.

„Es war definitiv seine eigene Waffe. Er hatte einen Waffenschein dafür. Sie war immer im Safe verwahrt, das hatte er mir mal erzählt. "

Julie erinnerte sich daran, dass die Tür zum Safe offen gestanden hatte, als sie Alain entdeckt hatte.

„Und wer hatte Zugang zu seinem Safe?"

Alle sahen sich ratlos an.

„Wir haben", fuhr Victor fort, „Fotos in seiner Schreibtischschublade gefunden. Die war zwar abgeschlossen, aber es war nicht schwer, sie aufzubekommen. Die Fotos zeigen ihn und diese Musikerin Édith Delamare. Dass sie ein Paar waren, ist darauf deutlich zu sehen. Auf einem Bild waren sogar ihre Kinder mit drauf. Sie machten ein Picknick irgendwo auf einem Hügel. Alain sah so glücklich aus. Sie wirkten wie eine richtige Familie."

Victor musste schlucken und Julie nahm sich im Stillen vor, sicherzustellen, dass Diane diese Fotos nie zu Gesicht bekommen würde. Ihr Schmerz war schon so groß genug.

„Ich denke", begann sie und korrigierte sich dann: „Nein, ich weiß, dass Édith Delamare unsere Mörderin ist. Ihren Exmann hat sie aus Geldgründen ermordet. Audrey wusste zu viel, daher musste auch sie sterben. Und als ihr klar wurde, dass wir ihrer Beziehung zu Alain auf die Schliche kommen würden, musste auch er sterben!"

„Aber warum", fragte Sylvain und sah Julie verwirrt an. „Sie hätte doch einfach mit ihm Schluss machen können. Sie hätte ihn doch nicht töten müssen."

„Ich vermute", fuhr Julie fort, „dass er bei der Hausdurchsuchung in der Wohnung belastendes Material gefunden hat. Deshalb hat er es mitgehen lassen. Er wollte sie schützen. Aber wie ich Alain kannte, konnte er es trotzdem nicht auf sich beruhen lassen. Er hatte einen ausgeprägten Gerechtigkeitssinn. Wahrscheinlich hat er sie zur Rede gestellt. Das war sein Todesurteil!"

„Dann", beschloss Samuel, „müssen wir sofort eine Streife zu ihrer Wohnung schicken. Vermutlich ahnt sie, dass es nur eine Frage der Zeit ist, bis wir dahinterkommen, und wir müssen sicherstellen, dass sie nicht verschwindet."

Sonntag

Der Duft von Kaffee und aufgebackenem Weißbrot weckte Julie. Durch die halb geöffnete Schlafzimmertür hörte sie das Klappern von Geschirr. Das Radio spielte eine leise Melodie. Schlaftrunken rieb sie sich die Augen und versuchte, diese ungewohnten Sinneseindrücke einzuordnen. Ein Blick auf den Wecker zeigte ihr, dass sie verschlafen hatte. Es war schon halb elf. Als sie die Fensterläden öffnete, drangen warme Sonnenstrahlen in ihr Zimmer und durch das offene Fenster wehte eine salzige Brise vom Meer herein.

Schnell zog sie sich einen Trainingsanzug an und stieg die Treppe zur Küche hinab. Als sie gestern Abend nach einer langen Teambesprechung müde und völlig erschöpft nach Hause gekommen war, war Frank noch wach gewesen. Als er sah, in welch mitgenommenen Zustand sie war, hatte er sie in eine warme Decke gehüllt vor den Kamin gesetzt und ihr ein Glas Rotwein in die Hand gedrückt. Behutsam hatte er das Gespräch gesucht und irgendwann waren bei Julie alle Dämme gebrochen. Sie hatte ihm von ihrem schrecklichen Tag erzählt, davon, wie sie ihren geschätzten Kollegen tot in seinem Arbeitszimmer gefunden hatte und wie sie Diane, die ihr inzwischen eine liebe Freundin geworden war, den Tod ihres Mannes hatte mitteilen müssen. Sie endete schließlich damit, dass die sofort geschickte Streife das Haus der Delamare nur noch leer vorgefunden hatte. Sie war getürmt. Ihre Schränke waren ausgeräumt gewesen und wichtige Dokumente sowie der Reisepass hatten gefehlt. Schnell hatte Julie herausgefunden, dass ein Flugticket auf ihren Namen nach Réunion ausgestellt worden war, aber eine Mitarbeiterin der Fluggesellschaft hatte ihnen mitgeteilt, dass *madame* Delamare diesen Flug nicht angetreten hatte. Julie vermutete, dass sie den Flug nur zur Ablenkung gebucht hatte und mit dem Auto unterwegs war. Inzwischen könnte sie schon an der deutschen Grenze oder mit dem Eurostar durch den Tunnel nach Großbritannien geflohen sein. Sie hatten sie noch gestern Nacht zur Fahndung ausgeschrieben, aber irgendwann war Julie zu müde gewesen, um noch weiter im Büro zu sitzen und auf Nachrichten zu warten. So war sie nach Hause gefahren.

Frank stand mit dem Rücken zu ihr am Herd und rührte in einer Pfanne. Julie nahm den Duft von gebratenen Spiegeleiern und Speck wahr und sah die Kaffeekanne dampfend am Tisch stehen.

„*Bonjour*“, murmelte sie, immer noch verschlafen, und setzte sich. Frank stellte die Pfanne vor sie und hievte mit dem Kochlöffel ein Spiegelei auf Julies Teller. Dann nahm er einen Topflappen und holte das Blech mit dem gerösteten Weißbrot aus dem Ofen. Obwohl Julie noch vor wenigen Minuten hätte schwören können, dass sie keinen Bissen hinunterbekäme, spürte sie nun ein Zwicken im Magen. Sie griff nach dem Brot, bestrich es dick mit Salzbutter und schaufelte das Ei darauf. Dann salzte und pfefferte sie es kräftig, während Frank sie die ganze Zeit mit einer Mischung aus Sorge und Interesse beobachtete.

Nachdem sie zwei dieser Brote verspeist und sie mit ausreichend Kaffee hinuntergespült hatte, lehnte sie sich zurück und zündete sich eine Zigarette an.

„Danke Frank. Das habe ich jetzt gebraucht!"

Er lächelte sie an und plötzlich erinnerte sie sich, dass er sie früher öfter mit solchen kleinen Aufmerksamkeiten überrascht hatte. Hatte sie es ihm gedankt? Hatte sie diese kleinen, liebevollen Momente zu schätzen gewusst?

„Danke", wiederholte sie und senkte die Augen, als sie seinem intensiven Blick gewahr wurde. Sie wusste, dass er sich nicht mehr mit seiner Frau versöhnen würde. Das hatte er ihr gestern gesagt. Er hatte auch nach einigem Zögern zugegeben, dass er Julie vermisst und nie aufgehört hatte, an sie zu denken. Dass es ihm leidtat, wie er sie hintergangen hatte und dass er inständig hoffte, sie würde ihm irgendwann verzeihen.

„Wollen wir heute einen Spaziergang am Strand machen?", fragte er sie. Julie schüttelte den Kopf.

„Ich habe heute schon etwas vor. Samuel und ich möchten Diane besuchen und ihr noch ein paar Fragen stellen. Die Spurensicherung gibt heute Nachmittag das Haus frei und Marion hat mir geschrieben, dass Diane unbedingt dorthin zurückmöchte, um ein paar Kleider und Bücher zu holen. Sie hat mich gebeten, auch dort zu sein, weil sie selbst einen

Termin hat und Diane nicht begleiten kann. Es geht ihr wohl sehr schlecht. Sie braucht mich jetzt!"

Verständnisvoll nickte Frank.

„Dann werde ich heute das Internet durchforsten und schauen, was der Wohnungsmarkt alles hergibt. Drück mir die Daumen!"

Als Julie die Küche verlassen hatte und im Bad stand, um sich für den Tag fertigzumachen, ließ sie das eigenartig vertraute Frühstück nochmals Revue passieren. Hatte sie Frank anfangs nur ein Dach über dem Kopf gewährt, da er sich augenscheinlich in einer Notsituation befunden hatte, war er ihr gestern und heute eine große Stütze gewesen. Sie hatte sich in seiner Nähe sicher und wohl gefühlt und auch er schien bemerkt zu haben, dass sie sich in den letzten Jahren verändert hatte. Enttäuschungen, Zurückweisungen und Verletzungen machten viele Menschen verschlossen. Bei ihr hatten all die schlimmen Erlebnisse, Lisas Tod und der Wegzug von Yanik, etwas anderes ausgelöst. Sie hatte ihre Probleme erkannt und sich zu einer Verhaltenstherapie entschieden. Auch wenn diese bereits seit mehreren Monaten abgeschlossen war, spürte Julie noch heute die Wunder, die der alte, Anzug tragende Psychiater bei ihr bewirkt hatte. Sie hatte gelernt über ihre Sorgen und Ängste zu sprechen. Und sie hatte gelernt, anderen eine Chance zu geben. Auch Frank.

***

Samuel holte Julie ab und fuhr sie zu Dianes Haus. Unterwegs brachte er sie auf den neuesten Stand. Von Édith fehlte nach wie vor jede Spur. Samuel hatte versucht, ihre Eltern und Kinder zu kontaktieren, in der Hoffnung, dass diese wussten, wo sich die Cellistin aufhielt, aber es war nichts dabei herausgekommen. Nun war er dabei, Freundinnen und frühere Partner zu finden. Irgendwo musste sich diese Frau doch verstecken. Als sie beim Haus der Durands eintrafen, sahen sie Dianes Smart vor der Einfahrt parken. Samuel sagte, dass er gleich wieder fahren würde.

„Ich habe keine Ruhe, bis ich diese Frau gefunden habe. Außerdem muss noch der Bericht von gestern geschrieben werden. Es gibt also noch allerhand zu tun und heute Abend kommen meine Eltern zu Besuch. Sie sind extra für meinen Geburtstag aus Marseille hergeflogen!"

Julie schlug sich mit der Hand gegen die Stirn. Sie hatte völlig vergessen, dass Samuel morgen Geburtstag hatte. Sie musste unbedingt noch schnell ein Geschenk kaufen.

Entschieden sagte sie: „Den Bericht schreibe ich! Fahr du nach Hause und begrüße deine Eltern!"

Als Julie das Haus betrat, war Diane gerade dabei, Ordnung zu schaffen.

Diane versuchte tapfer zu lächeln, als Julie hereintrat, und begrüßte die Freundin mit einer herzlichen Umarmung, aber ihre Augen war geschwollen und rot. Julie meinte plötzlich mehr weiße Haare auf ihrem dunklen Haarschopf zu sehen als bei ihrem letzten Treffen. Diane unterbrach ihre Arbeit, sie war dabei gewesen, in eine Kommode Papiere einzusortieren, die wohl die Spurensicherung herausgezogen und dann einfach auf dem Fußboden hatte liegen lassen.

Sie führte Julie in die Küche und setzte einen Kessel mit Wasser auf. Dann fühlte sie Kamillenblüten in eine Keramikkanne, deren ineinander verschwimmende Grüntöne Julie an die Farbe des Meeres erinnerte.

„Ich habe leider keinen Kaffee mehr im Haus", entschuldigte sich Diane und fügte hinzu: „Und momentan würde ich ohnehin keinen vertragen. Ich habe geschlafen, als mir der Freund von Marion diese Spritze gab, aber seit ich mitten in der letzten Nacht aufgewacht bin, habe ich kein Auge mehr zugetan. Ich bin hellwach. Dabei würde ich so gerne einfach einschlafen, und dann aufwachen und erkennen, dass alles nur ein böser Traum war!"

Tränen rannen ihre Wange hinab, als sie das kochende Wasser aus dem Kessel in die Kanne aus Steingut goss. Abwesend betrachtete sie die Kamillenblüten, die nun auf der Oberfläche des Wassers schwammen.

„Warum hat er das getan, Julie? Warum? Warum hat er sich umgebracht?"

Julie fuhr ein Schock in die Glieder. Hatte noch niemand der armen Frau gesagt, dass Alain ermordet worden war? Als sie gestern Mittag die traurige Nachricht an die Witwe überbracht hatte, war sie noch von einem Selbstmord ausgegangen, aber inzwischen hatten sie ja die Gewissheit, dass jemand anders, nämlich seine Geliebte, sein Leben jäh beendet hatte.

„Diane!" Julie räusperte sich und spürte einen Kloß in ihrem Hals. Darauf war sie nicht vorbereitet gewesen. Als ob sie spürte, dass etwas nicht stimmte, hob Diane den Kopf und blickte Julie aus glasigen Augen an. Darin las Julie tausend Fragen.

„Diane", setzte sie erneut an und schluckte die Tränen hinunter.

„Alain ist ermordet worden."

Diane erstarrte. Die Tasse, die sie eben noch in der Hand gehalten hatte, fiel zu Boden und zersprang klirrend auf den Fliesen. Kraftlos ließ sie sich auf den Stuhl fallen und umklammerte mit beiden Händen die Tischkante.

„Ermordet?", presste sie seltsam tonlos zwischen ihren Lippen hervor.

„Wer tut so etwas?"

Julie rang nach den richtigen Worten, wusste aber im selben Moment, dass diese Worte noch nicht existierten.

„Alain hatte eine Beziehung zu einer anderen Frau, Diane. Das scheint schon seit längerem gelaufen zu sein. Diese Frau ist verschwunden und wir gehen davon aus, dass sie Alain umgebracht hat."

Ein Zittern erfasste Dianes Lippen. Es breitete sich wellenartig über den Kiefer, das Kinn und die Schultern aus, bis ihr ganzer Körper ein einziges, verzweifeltes Beben war. Mehrmals öffnete sie den Mund, aber es kamen keine Worte heraus.

Da sie nicht wusste, was sie sonst tun sollte, erhob sich Julie und goss die Kamillenblüten ab. Dann schenkte sie ihrer Freundin eine Tasse Tee ein und umfasste von hinten die bebenden Schultern.

„Ich weiß, wie hart dich das jetzt trifft, aber ich muss dir ein paar Fragen stellen!"

Als Diane nickte, zog sie ein Foto von Édith Delamare aus ihrer Tasche und legte es vor Diane.

„Kennst du diese Frau!"

Sie nickte. Mehrmals und hart, so als müsste sie gegen einen Widerstand in ihrem Kopf nicken.

„Die Musikerin", hauchte sie.

„Wir waren auf einem Konzert...Monate her...Alain war so begeistert."

Es war also so gelaufen, wie Julie es sich ausgemalt hatte. Wie hatte Alain nur so dumm sein können.

„Hast du sie nach dem Konzert nochmal gesehen? War sie mal hier bei euch im Haus?"

Kopfschütteln. Das Zittern hatte etwas nachgelassen und Diane griff nach der dampfenden Tasse.

„Er hat mich schon einmal betrogen", begann sie plötzlich zu sprechen und ihre Stimme war so leise, dass Julie ihren Kopf näher zu ihr hin beugen musste, um sie zu verstehen.

„Das war wenige Monate nach unserer Hochzeit. Er hatte an einer Fortbildung teilgenommen und dort muss es passiert sein. Ich habe es sofort gespürt, als er nach Hause gekommen war. Er war so verändert, so schuldbewusst. Er hat mir alles gebeichtet und geweint. Dann schwor er mir, mich nie wieder zu hintergehen. Nie wieder!"

Ihre Hände umklammerten die Tasse wie ein Ertrinkender einen Rettungsring. Sanft strich Julie ihr über den Handrücken.

„Und diesmal hast du nichts gemerkt?"

Wieder ein Kopfschütteln.

„Alles war wie immer. Er war so liebevoll. Wir hatten Pläne. Du musst dich täuschen, Julie!"

Die Kommissarin dachte an die Fotos von Alain mit Édith und ihren Kindern beim Picknick und wünschte sich Unrecht zu haben. Aber Diane musste die Wahrheit wissen, auch wenn sie hart war.

„Wir gehen davon aus, dass diese Frau auch für zwei weitere Morde verantwortlich ist. Morde, bei deren Ermittlungen auch Alain beteiligt war!"

„Das *Château*", hauchte Diane und schlug sich die Hände vor das Gesicht.

„Er hat sie gedeckt? Wusste er, dass sie…"

Sie konnte den Satz nicht beenden, da die Trauer und, wie Julie vermutete, auch die Wut sie übermannten. Mehrere klagende Laute, wie von einem angeschossenen Tier, entkamen ihr, bevor sie den Kopf auf die Tischplatte legte und ungehemmt ihren Gefühlen freien Lauf ließ. Julie schwieg. All die Schmerzen, die Dianes heile Welt seit gestern zum Einsturz gebracht hatten, strömten nun laut aus ihr heraus und ergossen sich über die hölzerne Tischplatte.

Sie wartete noch eine Weile bis Diane sich wieder etwas beruhigt hatte und fragte dann vorsichtig.

„Wo hat Alain denn private Sachen aufbewahrt?"

Diane führte sie in ihr Schlafzimmer. Neben einem modernen Kleiderschranksystem mit mehreren bodentiefen Spiegeln, entdeckte Julie einen alten Holzschrank. Ihre Freundin eilte darauf zu und sperrte ihn mit einem großen Schlüssel auf.

„Hier haben wir wichtige Dokumente gesammelt, unsere Pässe oder Sparbücher."

Sie zog eine Schublade auf.

„Warum hat Alain das nicht in seinem Safe verwahrt?", wunderte sich Julie.

„Ich kenne den Code für den Safe nicht. Alain benutzte ihn auch als eine Art Aktenschrank. Er hat darin Ermittlungsberichte und so Zeug aufgehoben und das sollte ich natürlich nicht sehen. Außerdem hatte er seine Waffe dort sicher verwahrt."

Julie schluckte schwer. Ermittlungsberichte hatten sie bei der Entdeckung von Alains Leiche darin nicht gefunden, dafür Fotos, die ihn mit seiner Geliebten zeigten. Deshalb hatte er Diane nicht erlaubt, seinen Safe mit zu benutzen.

Nachdem sie in einigen Unterlagen herumgeblättert hatte, aber nichts von Bedeutung entdecken konnte, entschloss sich Julie zu fahren. Es war Sonntag und sie musste noch schnell ins Büro ihren Bericht fertigstellen, so wie sie es Samuel versprochen hatte.

Erschrocken fiel ihr ein, dass sie gar kein Auto hatte. Schließlich war sie bei Samuel mitgefahren. Wie sollte sie jetzt ins Büro kommen? Aber Diane beruhigte sie.

„Ich fahre gleich zu Marion nach Dinard zurück und kann dich gerne mitnehmen. Es ist zwar ein kleiner Umweg, aber Ablenkung tut mir gerade gut und Marion wird noch bis in den Abend hinein unterwegs sein!"

Julie stimmte zu und kurz darauf bepackten sie den kleinen Smart mit einem Koffer und zwei Reisetaschen. Diane hatte sich einige Kleidungsstücke, aber auch Bücher und Unterlagen mitgenommen. Auf sie würde nun viel Bürokratie zukommen, hatte sie Julie erzählt. Aber alles, was sie beschäftigte, war gut und sie war dankbar für diese Aufgabe.

Das Auto war blitzsauber. Diane war eine geübte Fahrerin und Julie bewunderte sie dafür, dass sie trotz ihres Kummers so konzentriert dem Straßenverkehr folgen konnte. Kurz vor Saint Malo blinkte die Tankanzeige auf.

„Non, ich habe mal wieder vergessen zu tanken", schimpfte Diane und setzte den Blinker. Dann bog sie links ab und fuhr eine große Tankstelle an.

„Es tut mir Leid Julie, ich muss schnell tanken!" Sie stieg aus und Julie hörte den Tankdeckel klacken.

Sie atmete tief ein. Es war ein furchtbarer Tag gewesen, so wie auch die Tage zuvor. Diane tat ihr furchtbar leid, aber aus eigener Erfahrung wusste Julie, dass selbst die schmerzhaftesten, tiefsten Wunden irgendwann heilten. Vielleicht nie ganz, es würde immer ein leichtes Stechen zurückbleiben, aber es würde besser werden. Und sie würde Diane als Freundin zur Seite stehen, wann immer diese sie brauchte. Julie spürte ein Zwicken in ihrem Magen, dann ertönte ein lautes Knurren. Seit dem Frühstück hatte sie nichts mehr zu sich genommen außer dem Kamillentee bei Diane. Außerdem könnte sie dringend einen starken Kaffee gebrauchen. Diane hatte fertig getankt und steckte gerade den Tankdeckel wieder auf die Öffnung. Ein Klicken und er rastete ein. Sie winkte Julie zu und ging auf den Tankstellenshop zu. Julie gestikulierte noch, um sie zu bitten, ihr Kaffee und ein Sandwich mitzubringen, aber sie hatte ihr schon den Rücken zugedreht. Also schnallte sich Julie ab und kramte in ihrer Handtasche nach ihrem Geldbeutel. Als sie ihn zwischen allerhand Krimskrams - Stiften, Taschentüchern, Zigaretten, eine Reisezahnbürste nebst Zahnpasta, die sie immer dabeihatte, falls sie lange arbeiten musste, sowie einen Kamm, gefunden hatte, zog sie den Reißverschluss auf und suchte nach Münzen. In ihrer Eile entglitt ihr das Portemonnaie und fiel auf den Boden. Sie hörte Münzen, die gegen die Metallschienen des verschiebbaren Autositzes knallten.

„Scheiße", entfuhr es ihr. Warum passierte ihr immer so etwas, wenn sie es eilig hatte. Sie nahm ihr Handy, schaltete die Taschenlampe ein leuchtete den Fußraum um ihren Sitz ab. Sie entdeckte eine Münze direkt neben ihrem Schuh und klaubte sie auf. Schließlich leuchtete sie in den Stauraum, der sich unter ihrem Sitz befand. Dem metallischen Klirren nach zu urteilen, hatten sich einige ihrer Münzen dorthin verirrt. Plötzlich verharrte sie in ihrer Bewegung. Ihre Augen hatten in dem schummrigen Licht, das am Autoboden herrschte, etwas entdeckt, was dort nicht hingehörte. Sie beugte sich noch weiter vor und streckte die Finger danach aus.

Als sie sich wieder aufrichtete und ihr Fundstück betrachtete, schlug ihr Herz so schnell, dass sie meinte, es würde sogleich ihren Brustkorb zersprengen.

Das Foto, das sie in der Hand hielt, hatte sie schon einmal gesehen. Es zeigte Alain Durand, wie er zusammen mit seiner Geliebten Édith Delamare und deren Kindern vergnügt auf einer Picknickdecke saß und ein Sandwich verspeiste. Es war nicht genau dasselbe Foto, das sie gestern im Safe entdeckt hatte, aber es musste kurz davor oder danach aufgenommen worden sein. Einem Gefühl folgend schnappte sie sich Dianes Handy, das in der Mittelkonsole lag und versuchte verschiedene PINs aus. Der dritte - Alains Geburtsjahr, war ein Treffer. Sie blickte aufgeregt zum Tankstellenshop. Durch das Schaufenster konnte sie verschwommen Diane erkennen, die in einer langen Schlange an der Kasse anstand.

Julie öffnete die Nachrichten und scrollte nach unten. Sie pfiff überrascht durch die Zähne. Dann machte sie mehrere Fotos von Dianes Display mit ihrem eigenen Handy, legte das Telefon zurück und wählte an ihrem eigenen Handy eine Nummer.

„Samuel? Du musst sofort zu mir kommen. Wir haben uns getäuscht!"

Kaum hatte sie aufgelegt, ging die Fahrertür auf und Diane stieg ein.

***

Ein intensiver Bratengeruch stieg ihr in die Nase, als sie die Tür ihres Hauses aufstieß, die Jacke unachtsam in ein Eck pfefferte und in die Küche eilte.

„*Ma chère*", begrüßte sie Frank, der mit einer Schürze und einem Kochlöffel am Herd stand und in einem großen Topf rührte.

„Überraschung!"

Er lächelte sie an.

„Keine Zeit!", blaffte sie und rannte an ihm vorbei ins Wohnzimmer. Der Esstisch vor dem Bücherregal war wunderschön gedeckt. Ein Strauß roter Rosen stand auf der weißen Tischdecke. Im Hintergrund lief Musik und mehrere Kerzen erleuchteten den Raum. Ohne all dies überhaupt zu bemerken, schaltete Julie das Licht an und warf das Foto, das sie in Dianes Auto entdeckt hatte, auf einen der Teller. Dann holte sie ihren Laptop vom Regal und wischte einige Rosenblätter und eine sorgsam gefaltete Serviette bei Seite, um ihn abzustellen. Frank, der ihr ins Wohnzimmer gefolgt war, stand sprachlos im Türrahmen und beobachtete sie. Er hatte den ganzen Nachmittag in der Küche gestanden, wo er den Lammbraten, den er schon gestern besorgt hatte, zubereitet hatte. Als Nachspeise hatte er Julies liebstes Dessert, eine *creme brulée* geplant. Er hatte ihr sagen wollen, dass er heute am Telefon mit seiner Noch- Frau alle Details zur Scheidung und zum Sorgerecht friedlich geklärt hatte. Dass er jetzt bereit für einen Neuanfang war. Und dass er sich diesen Neuanfang zusammen mit ihr vorstellen konnte. Immer wieder hatte er sich den Verlauf des Abends in seinem Kopf ausgemalt. Wie Julie hereinkommen und sich über das gute Essen freuen würde. Wie sie stundenlang am Tisch zusammensitzen und über alte Zeiten reden würde. In seiner kühnsten Vorstellung hatte er sich sogar einen Kuss erträumt. Und jetzt das? Sie war hereingefegt, hatte ihn angeraunzt und dann noch die schöne Tischdeko zerstört. Sollte das ihr schöner Abend in trauter Zweisamkeit werden? In diesem Moment klingelte es auch noch.

„Ich geh schon", winkte er ab, als Julie sich schon in Bewegung setzen wollte.

Missmutig öffnete er die Tür und sah sich einem jungen Mann mit dunklen Haaren und sympathischen Augen gegenüber.

„Sie wünschen?", fragte er steif, doch ohne eine Antwort abzuwarten, drängte sich der Mann an ihm vorbei, lief durch den Flur und die Küche und das Wohnzimmer und rief Julies Namen. Als Frank dorthin zurückkehrte saßen die beiden schon, die Köpfe zusammengesteckt, über einem Foto, das sie intensiv studierten.

„Und das hast du wirklich dort gefunden? Vielleicht hat Alain mal dieses Auto benutzt und die Fotos darin vergessen."

„Nein", winkte Julie energisch ab.

„Alain hat sich immer darüber beschwert, dass das Auto für ihn zu klein war. Schließlich reichte er fast an die zwei Meter heran. Er musste sich quasi zusammenklappen, um in den kleinen Smart einsteigen zu können. Und deshalb, das hat mir Diane vor einiger Zeit erzählt, nutze nur sie das Auto!"

Samuel stand auf und lief aufgeregt im Raum auf und ab. Beide ignorierten Frank, der immer noch sprachlos in der Tür stand. Was war hier los? Wo war sein romantischer Abend hin verschwunden?

„Wenn das Foto von Diane ist, dann wusste sie ja von der Affäre ihres Mannes?", wunderte sich Samuel und Julie ergänzte:

„Und hat es uns verschwiegen. Du hättest sie sehen müssen, wie überrascht sie heute tat, als ich ihr davon berichtete."

„Könnte es nicht sein, dass jemand anderes das Foto darin vergessen hat?"

Julie schüttelte den Kopf.

„Wer denn? Marion? Nein. Und dann habe ich das entdeckt!"

Sie nahm ihr Handy, öffnete die Galerie und zeigte Samuel einige Fotos. Er wurde kreidebleich.

„Sie kannte Christophe Delamare. Sie standen in Kontakt!"

„Und zwar in regem Kontakt", bestätigte Julie.

„Ich konnte nicht alle Nachrichten fotografieren, aber sie haben sich über einen längeren Zeitraum ausgetauscht."

Samuel ließ sich auf einen Stuhl fallen und schenkte sich ein Glas mit dem Roten voll, den Frank in einer schönen Glaskaraffe zum Dekantieren auf den Tisch gestellt hatte.

„Sie kannte unser erstes Mordopfer und wusste von Alains Affäre. Sie hat also die ganze Zeit gelogen. Warum?"

Das letzte Wort spie er förmlich aus. Julie erkannte, dass der Fall auch an ihm nicht spurlos vorüber ging.

„Weil sie da irgendwie mit drinhängt. Ich weiß noch nicht wie, aber wir müssen mit ihr reden!"

Von der Tür vernahmen die beiden Ermittler ein Räuspern.

„Wir haben uns noch gar nicht miteinander bekannt gemacht!"

Frank ging mit ausgestreckter Hand auf Samuel zu, der die Hand ergriff und schüttelte.

„Samuel, ich bin Julies Kollege."

„Möchten Sie mit uns zu Abend essen?", fragte Frank und Julie staunte. Noch vor wenigen Jahren wäre ihr Exmann in einer solchen Situation wütend aus dem Zimmer gerauscht. Aber jetzt versuchte er den Abend noch zu retten und lud sogar ihren Kollegen zum Essen ein. Dankbar lächelte sie ihn an und eilte zur Anrichte, um ein Gedeck für Samuel zu holen. Während die beiden Männer den Braten und die Beilagen aus der Küche holten, betrachtete Julie immer wieder angespannt das Foto aus Dianes Auto.

„Wie steckst du da drin Diane?", fragte sie halblaut und schüttelte dabei fassungslos den Kopf.

Als sie alle am Tisch saßen und ihnen der Duft von saftigem Braten und gedünstetem Rosenkohl in die Nase stieg, klingelte Julies Handy. Sie meinte einen Schatten der Verärgerung auf Franks Gesicht zu erkennen, nahm aber dennoch den Anruf entgegen.

„Hier ist Sylvain!"

„*Salut* Sylvain. Warte, ich schalte den Lautsprecher an, damit Samuel mithören kann."

„Das Krankenhaus in Rennes hat angerufen. Sie haben die Fahndung nach Édith Delamare gesehen. Sie liegt bei ihnen auf der Intensivstation. Autounfall!"

Samuel und Julie sahen sich an.

„Autounfall? Wann?"

„Gestern am frühen Abend. In einem wenig befahrenen Waldstück hinter Dinard. Sie ist mit dem Wagen einen Abhang hinuntergerauscht und hat sich dann mehrmals überschlagen. Sie hat Knochenbrücke und schwere Kopfverletzungen. Sie haben sie in ein künstliches Koma versetzt. Es ist nicht sicher, ob sie das schafft!"

„Und warum bekommen wir diese Information erst jetzt?"

„Wochenende", vermutete Sylvain. „Die haben die Fahndung im Krankenhaus einfach nicht mitbekommen."

Samuel zog verwirrt die Augenbrauen hoch.

„Was wollte sie dort? Ich dachte, sie haut nach Paris ab oder irgendwohin, von wo sie schnell über die Grenzen kommt. Eine verlassene Landstraße bei Dinard?"

„Ich war gestern am Nachmittag auch in Dinard", entgegnete Julie.

„Bei Diane. Sie war bei Marion, den ganzen Tag lang!"

Schweigen legte sich über den Tisch. Auch Sylvain, der immer noch in der Leitung war, schwieg.

„Was macht ihr eigentlich zusammen?", fragte er schließlich.

„Wir essen. Einen Lammbraten", antwortete Samuel und Frank rief:

„Kommen Sie doch vorbei und essen mit!"

Julie seufzte. Die ganze Situation überforderte sie. Ihr Exmann hatte auf sie mit einem romantischen Dinner gewartet, dass sie ihm gehörig verdorben hatte, und nun würden auch noch ihre zwei Kollegen mitspeisen. Frank hatte sich das sicherlich anders vorgestellt. Aber er hatte schließlich erst Samuel und nun auch Sylvain eingeladen.

„Ja Sylvain. Komm vorbei. Dann erzählen wir dir unsere Neuigkeiten und besprechen, wie es weitergeht.

Während Frank den Braten nochmal im Ofen aufwärmte und den Rosenkohl in etwas Butter schwenkte, entkorkte Julie eine neue Flasche Rotwein.

Als Sylvain eintraf, setzten Julie und Samuel ihn sogleich ins Bild. Julie berichtete von dem Foto, das sie in Dianes Auto gefunden hatte und davon, dass sich Diane und Christophe Delamare gekannt hatten.

„Ich finde die Verbindung zwischen Diane und Christophe nicht. Woher kannten sich die beiden?", grübelte Julie.

„Die Verbindung ist doch ganz klar. Christophe hasste Édith, weil sie ihm das Leben zur Hölle gemacht hatte. Diane hasste Édith, weil sie eine Affäre mit ihrem Ehemann hatte. Die beiden verband der Hass auf ein und dieselbe Person!"

Julie nickte und schnappte sich eine Scheibe Lammbraten.

„Aber wie haben sich die beiden getroffen? Woher kannten sie sich?", fragte Samuel kauend.

Julie zuckte mit den Schultern.

„Vielleicht haben sie sich auf einem von Édiths Konzerten kennengelernt. Aber das ist jetzt auch egal. Viel wichtiger ist: sie beschließen gemeinsam sich an Édith zu rächen."

Frank erhob sich und schenkte allen Rotwein nach. Dann verteilte er Gemüse und ließ sich wieder nieder. Julie nahm einen tiefen Schluck aus ihrem Weinglas und fuhr dann fort:

„Gemeinsam hecken sie einen Plan aus, wie sie die Cellistin loswerden können. Aber Christophe bekommt kalte Füße. Vielleicht plagten ihn Skrupel. Vielleicht war es auch Audrey, der er sich anvertraut hatte und die ihm davon abriet, einen Mord zu begehen. Oder er hatte Angst, alles zu verlieren, wenn die Tat herauskäme. Schließlich war er ein bekannter Promi. Diane hingegen hatte nichts zu verlieren. Ihr Mann betrog sie und sie hatte keine Kinder. Sie vereinbart ein letztes Treffen mit Christophe, frühmorgens auf der

Steinterrasse des *Châteaus*. Sie will ihn überreden, doch noch mitzumachen. Aber er weigert sich. Wütend stößt sie ihn über die Brüstung.

„Aber hat Alain nicht gesagt, Delamare muss auf der Brüstung gestanden haben, damit die Falllinie stimmt?", warf Samuel ein.

Julie stimmte zu.

„Wir erspinnen hier ja nur eine Möglichkeit. Details können abweichen. Wer weiß, vielleicht hatte sie sich Alains Waffe heimlich mitgenommen und Christophe damit bedroht. Das würde zum Hämatom passen, das Dr. Moulin entdeckt hat. Nachdem Christophe tot war, bekam sie es mit der Angst zu tun. Schließlich wusste sie, dass Audrey seine Vertraute war. Was wusste diese? Da sie das nie herausfinden konnte, musste auch Audrey sterben. Wer weiß, wo sie die K.o. - Tropfen herhatte, vielleicht hatte Christophe diese besorgt, als sie gemeinsam den Mordplan an der Cellistin ersannen. Vielleicht hatte sie auch andere Kontakte. Schließlich ging sie bei uns im Büro ein und aus. In der Asservatenkammer gibt es genug K.o. - Tropfen. Da hätte sie vielleicht etwas mitgehen lassen können."

„Aber warum hat sie Alain erschossen? Wegen ihm und ihrer Ehe hat sie das ganze doch erst veranstaltet?", hakte Sylvain nach.

„Ich vermute, es war ein Streit. Vielleicht hat er ihr gesagt, dass er sie verlassen wird. Das konnte sie nicht zulassen. Dafür hatte sie schon zu viel riskiert. Deshalb hat sie erst ihren Ehemann und dann noch die verhasste Geliebte aus dem Weg geräumt, indem sie sie von der Straße abdrängte."

Der Braten war gegessen und Frank begann den Tisch abzuräumen. Gespannt hatte er dem Gespräch der Ermittler gelauscht und sich gefragt, warum er früher Julies Beruf so verabscheut hatte. Natürlich hatte sie dadurch wenig Zeit für ihn gehabt, aber er hatte auch nie versucht sie und ihre Leidenschaft für die Polizeiarbeit zu verstehen. Auch hatte er nie Interesse an ihren Kollegen gezeigt, die doch eine so wichtige Rolle in ihrem Leben spielten. Schließlich verbrachte sie mit ihnen die meisten Zeit. Er musste zugeben, dass er den Abend bisher genossen hatte, auch wenn er nicht so verlaufen war, wie Frank es ursprünglich geplant hatte.

„Sollen wir heute noch etwas unternehmen?", wurden seine Gedanken von Samuels Stimme unterbrochen.

Julie schüttelte den Kopf.

„Sie ahnt nicht, dass wir ihr auf die Schliche gekommen sind. Sie wiegt sich in Sicherheit. Ich rufe nochmal kurz bei Marion am Festnetz an, um sicherzugehen, dass sie dort ist und frage, wie es ihr geht. Dann schlafen wir eine Nacht darüber. Morgen früh beim Frühstück entscheiden wir dann, wie wir weiter vorgehen! Wir müssen einen Weg finden ihr die Morde zu beweisen."

Da Samuel und Sylvain schon zu viel Wein getrunken hatten, lud Julie sie kurzerhand ein, bei ihr zu übernachten. Sylvain machte sich ein Schlaflager auf dem Fußboden im Wohnzimmer, gleich neben Frank auf der Schlafcouch. Samuel bezog das ungemütliche Sofa in Julies Arbeitszimmer.

Trotz der unerwarteten Entwicklung und all der Aufregung, die am Abend geherrscht hatte, schliefen alle drei Ermittler tief und fest.

Montag

Als Julie frühmorgens in die Küche kam, bot sich ihr ein unbekannter Anblick. Drei gutgelaunte und fröhlich miteinander plaudernde Männer bereiteten das Frühstück und räumten die Überreste des gestrigen Abends weg. Kaum hatte sie den Raum betreten, hatte ihr Samuel schon eine Tasse dampfenden Kaffee in die Hand gedrückt. Diesmal hatte Sylvain das Braten der Spiegeleier übernommen, während Frank Obst schnipselte. Bevor Julie sich hinsetzte umarmte sie Samuel:

„*Bon anniversaire!*“, flüsterte sie ihm zu.

Voller Heißhunger machte Julie sich über das üppige Frühstück her. Sie hatte keine Ahnung, woher das ganze Essen eigentlich kam. Schon gestern hatte sie sich über das reichliche Abendessen gewundert. Frank musste wohl ihren Kühlschrank voll gekauft haben, in dem sonst nur etwas Salzbutter, Käse und Weißwein zu finden waren.

„Ich habe mir etwas überlegt“, sagte sie kauend, und spülte den letzten Bissen Weißbrot mit einem Schluck Kaffee hinunter.

Ich habe heute in der Früh mit Diane gechattet. Sie hat mir erzählt, dass sie am Vormittag nochmal in ihr Haus fahren will, um weiter aufzuräumen. Ich habe vereinbart, dass wir sie besuchen.“

„Und wie sollen wir vorgehen? Sie direkt darauf ansprechen?“

Julie schüttelte den Kopf.

„Es erscheint mir doch als sehr großer Zufall, dass Édith Delamare zufällig in der Nähe von Dinard einen Abhang hinunterrutscht. Ich denke, dass Diane sie unter irgendeinem Vorwand dorthin gelockt hat. Édith wusste ja nicht, dass Alain tot war. Vielleicht hat Diane ihr von Alains Handy eine Nachricht geschickt, in der der Treffpunkt stand."

Sylvain und Samuel machten ein erschrockenes Gesicht. Der herzlichen, treuen Diane, die allen so ans Herz gewachsen war, hätten sie so etwas niemals zugetraut.

„Sie ist sich sicher, dass Édith tot ist. Der Unfall war heftig. Ich habe vorhin mit dem zuständigen Arzt telefoniert. Er sagt, es sei ein Wunder, dass man sie da noch lebend rausziehen konnte. Allerdings liegt sie im Koma und befindet sich immer noch in Lebensgefahr!"

„Aber das", überlegte Samuel, „weiß Diane nicht."

Er hatte Julies Plan durchschaut.

„Du willst sie aus der Reserve locken, ihr einen Köder hinwerfen!"

Julie nickte.

„Wir behaupten einfach, Édith hätte überlebt und sei bereit auszusagen. Wir erzählen ihr, dass wir am Nachmittag hinfahren. Wir verkaufen es als gute Nachricht – wir haben die Mörderin ihres Mannes gefasst. Und dann legen wir uns im Krankenhaus auf die Lauer!"

„Sie kann doch nicht am hellen Tag in ein Krankenhaus spazieren und eine Mordverdächtige aufsuchen. Ihr muss doch klar sein, dass ein Polizist vor der Tür Wache hält."

„Ich bin mir sicher, dass sie einen Weg findet, ihr Vorhaben durchzusetzen, so wie sie auch schon all die anderen Morde kaltblütig ausgeführt hat."

Nach dem Frühstück verabschiedeten sie sich von Frank und fuhren los. Sylvain setzten sie im Büro ab. Er würde dort ein Team zusammenstellen und dann gleich nach Rennes ins Krankenhaus fahren. Julie und Samuel fuhren weiter zum *manoir* der Durands. Dianes kleines Auto stand vor der Tür. Da heute ein warmer Wintertag war, standen die Terrassentüren offen und aus dem Haus hörte man Musik. Die beiden Ermittler traten durch die Verandatür und blickten sich um. Das Wohnzimmer war blitzsauber. Das Chaos, das die Spurensicherung hinterlassen hatte, war beseitigt. Sie gingen in die Küche, wo Diane am Herd stand und Milch aufkochte. Sie lächelte, als sie ihre Besucher sah.

„Wie lieb, dass Ihr mich besucht. Kommt, setzt euch! Ich koche gerade einen warmen Kakao."

Sie nahm die Milch von der Herdplatte und fügte einige Löffel Kakaopulver hinzu. Nachdem jeder eine Tasse in den Händen hielt, fragte Julie mitfühlend:

„Wie geht es dir heute?"

Ein tiefer Seufzer folgte der Frage.

„Ich kann immer noch nicht begreifen, was passiert ist. Mein Alain - tot. Aber ich weiß, ich muss weitermachen. Das hätte er gewollt. Ich habe mich entschlossen, das Haus zu verkaufen. Es ist zu groß für mich allein. Ich ziehe zu meiner besten Freundin Marion nach Dinard. Dort wage ich einen Neuanfang. Sie ist auch Witwe, du hast sie ja schon kennenlernen.", sagte sie zu Julie gewandt, die freundlich nickte.

„Diane, wir sind hier, weil es neue Entwicklungen im Mordfall deines Mannes gibt."

Diane schien zu erblassen und ergriff Julies Hand.

„Was?", hauchte sie.

„Édith Delamare hatte gestern einen Autounfall. Sie ist unweit von Dinard von der Straße abgekommen und einen Abhang hinuntergefallen."

Diane schlug die Hand vor den Mund und unterdrückte einen Schrei.

„Ist sie tot? Ich hätte sie so gerne von Angesicht zu Angesicht gefragt, warum mein Alain sterben musste. Warum sie meine Familie kaputtgemacht und mein Leben zerstört hat. Aber nun geht das nicht mehr. Ich muss weiterleben, ohne zu wissen, wie es Alain in seinen letzten Minuten ging. Was seine letzten Worte waren."

Sie schluchzte.

Julie blickte Samuel an und nickte ihm kurz zu.

„*Madame* Delamare lebt, Diane!", sagte er, während Julie die Reaktion von Diane auf diese Nachricht beobachtete. Kurz zuckte es in ihrem Gesicht und ihre Mundwinkel verzogen sich.

„Sie lebt?" Die Frage stand einige Sekunden lang im Raum. Es war still, nur das Ticken der Wanduhr gab der Stille einen Rhythmus vor.

„Das ist ja wunderbar", stammelte sie, nachdem sie sich wieder gefangen zu haben schien. „Dann wird sie für all das, was sie mir angetan hat, bestraft werden!"

Julie nickte.

„Wir fahren am Nachmittag zu ihr und werden sie befragen. Ihr Arzt hat sein Okay gegeben. Sie ist ansprechbar und bei vollem Verstand. Wir melden uns dann am Abend bei dir."

Die Ermittler erhoben sich und Diane umarmte die beiden.

„Danke!", hauchte sie und drückte Julie fest. „Danke, dass das alles nun seinen Abschluss findet!"

***

„Wo bleibt sie nur?"

Julie öffnete die Tür des Badezimmers und lugte nach draußen. Ihr Blick fiel auf das Krankenbett. Sie hatten die Bettdecke ausgestopft und eine Perücke unter der Decke hervorschauen lassen. Es war ein laienhaftes Schauspiel, aber

Julie hoffte, dass Diane darauf hereinfiel. Die echte Édith Delamare lag nach wie vor auf der Intensivstation und war nicht ansprechbar. Vor dem Raum saß ein Streifenpolizist und hielt Wache. Am Empfang wusste man Bescheid und würde Diane zu diesem Zimmer schicken. Alles war vorbereitet.

Das Zimmer war hell und durch das Fenster fielen Sonnenstrahlen. Es war ein warmer Wintertag. Draußen auf dem Gang hörte Julie Stimmen.

„Nur kurz das Bettzeug wechseln…"

Dann brummte eine männliche Stimme ihre Zustimmung.

Leise öffnete sich die Tür und Julie nahm einen Luftzug wahr. Sie trat zurück in das dunkle Bad, ließ die Tür aber einen Spaltweit offen und sah Diane, wie sie, einen Wagen mit Bettzeug hinter sich herziehend, das Zimmer durchquerte. Dann war sie aus ihrem Blickfeld verschwunden.

„Du Miststück", hörte sie Diane leise flüstern.

„Erst raubst du mir meinen Mann und dann willst du auch noch reden."

Julie hörte, wie Diane etwas vom Wagen nahm und trat leise mit Samuel aus dem Bad.

Alains Witwe stand mit dem Rücken zu ihnen vor dem Bett. In den Händen hielt sie ein Kissen. Plötzlich drückte sie das Kissen auf die Stelle, wo der Kopf von Édith Delamare sein sollte. Julie sah darunter einige dunkle Haare der Perücke hervorschauen.

„…aber du verrätst mich nicht!", schnaubte Diane und drückte noch fester zu.

„Édith Delamare liegt im Koma auf der Intensivstation!", sagte Julie laut und ruhig.

Diane hielt erschrocken inne. Der Druck auf das Kissen ließ nach, schließlich warf sie es neben das Bett und wich einen Schritt zurück. Mit großen erschrockenen Augen blickte sie Julie und Samuel an.

„Ihr?", stammelte sie und hielt sich am Wagen fest, auf dem immer noch das Bettzeug lag.

„Woher wusstet ihr..." Sie verstummte und ihre Mimik veränderte sich. Der Schock wich aus ihrem Gesicht und machte Platz für die Gewissheit, dass es vorbei war.

Sie ließ sich aufs Bett fallen und Tränen traten in ihre Augen.

„Er war doch auch euer Freund. Warum habt ihr mich die Sache nicht zu Ende bringen lassen?"

„Er war mein Freund", entgegnete Julie.

„Und du hast ihn erschossen. Deinen eigenen Ehemann. Egal, welche Fehler er begangen hat, das hat er nicht verdient."

Vor der Tür nahmen sie Stimmen wahr.

„...dort drinnen", hörten sie den Streifenpolizisten sagen, dann wurde die Tür aufgerissen und Sylvain stürmte herein.

„Auf frischer Tat ertappt", kommentierte Samuel und zeigte auf Diane, die nun, völlig in sich zusammengesunken und apathisch auf dem Krankenhausbett saß.

Sylvain zückte seine Handschellen und trat zu ihr.

„Dann bringen wir es hiermit zu Ende", sagte er und legte Diane Durand Handschellen an.

Zwei Wochen später

Die Sonne stand hoch am Himmel. Ein leichter, nach Salz und Meer riechender Wind wehte ihnen entgegen. Julie und Samuel spazierten den breiten Strand von Saint Malo entlang. Beide hielten Kaffeebecher in der Hand.

„Wie gefällt Frank seine neue Wohnung?", fragte Samuel interessiert.

„Gut", antwortete Julie.

„Und sie ist nur wenige Schritte von mir entfernt. Es war ein Glück, dass mein Nachbar uns davon erzählt hat!"

„Und wie geht es jetzt mit euch weiter?", hakte Samuel vorsichtig nach. Er wusste, dass seine Kollegin oft blockte, wenn es um private Angelegenheiten ging.

„Wir sind erstmal Freunde", hörte er Julie sagen, während sein Blick über den weitläufigen Strand glitt. Es war Ebbe und viele Menschen nutzten das gute Wetter, um Strandgut zu sammeln oder um einen ausgiebigen Spaziergang zu machen. Der Winter war in diesem Jahr gnädiger gewesen als noch im Jahr zuvor, wo er die Bretagne mit einer dünnen Schneedecke überzogen hatte.

„Hast du was von Diane gehört?", wollte Julie wissen.

Sie hatte sich in den letzten beiden Wochen bei der Aufarbeitung der Morde, die Diane Durand begangen hatte, etwas zurückgehalten. Der Tod von Alain und die schreckliche Gewissheit, dass ihre Freundin Diane zu solch schlimmen Taten fähig gewesen war, hatten ihr schwer zu schaffen gemacht. Frank und Samuel hatten sie unterstützt. Sylvain hatte den ganzen Berg von Papier abgearbeitet, der auf einen solchen Fall folgte.

„Sie ist in einer psychiatrischen Einrichtung untergebracht", erzählte Samuel.

„Ihr Anwalt arbeitet darauf hin, dass sie nicht zurechnungsfähig war. Man hat Tabletten in ihrem Nachtkästchen gefunden, anscheinend hat sie viele Beruhigungsmittel genommen. Sie hat alle Taten gestanden. Anscheinend hatte sie Christophe Delamare bei einem Kochkurs, den er im *Château* gegeben hatte, kennengelernt. Die beiden verstanden sich gut und der Koch war wohl angetan von Dianes Fähigkeiten in der Küche. Er muss ihr sogar vorgeschlagen habe, gemeinsam ein Restaurant zu eröffnen. Sie wurden so etwas wie Freunde. Er erzählte ihr auch von seiner Exfrau, die eine Cellistin sei. Diane ging mit Alain auf eines ihrer Konzerte. Das war ein Fehler, wie sie im Nachhinein erkennen musste. Nach dem Konzert begann die schöne Musikerin mit ihm ein Gespräch. Er war hingerissen von ihr und auch sie schien angetan zu sein. Anscheinend fand sie seinen Beruf spannend. Ohne dass es Diane anfangs mitbekam, begannen die beiden ein Verhältnis. Aber eines Tages fand sie Fotos, die ihn mit Édith und seinen Kindern zeigte!"

„Die gleichen Fotos, die wir im Safe und im Auto gefunden haben?", fragte Julie und Samuel nickte.

„Es muss bitter für sie gewesen sein. Ihr Traum von Kindern war in ihrer Ehe unerfüllt geblieben und nun befürchtete sie, Alain würde sie verlassen und eine neue Familie gründen. Es muss sie schrecklich verletzt haben!"

Julie nippte an ihrem Kaffee und hielt das Gesicht in den Wind.

Sie konnte Dianes Schmerz nachvollziehen. Auch wenn sie selbst, im Gegensatz zu Diane, nie eigene Kinder gewollt hatte, hatte es sie schwer getroffen, als Frank mit seiner neuen Frau eine Familie gegründet hatte.

„Sie erzählte Christophe davon und er schürte ihre Wut, in dem er ihr von seinen schlechten Erfahrungen mit seiner Exfrau berichtete. Irgendwann muss der Gedanke entstanden sein, sie loszuwerden. Gemeinsam heckten Christophe und Diane den Plan aus, sie mit K.o.-Tropfen auszuschalten und sie dann von einer Klippe zu werfen. Der Plan war, es wie ein Selbstmord aussehen zu lassen. Christophe besorgte die Tropfen. Aber kurz bevor sie die Tat vollziehen wollten machte er einen Rückzieher. Es plagten ihn Gewissensbisse und er teilte ihr mit, dass er es nicht mehr machen wolle. Sie war wütend und überredet ihn zu einem letzten Treffen."

„Und das fand am Dienstag ganz in der Früh auf der Terrasse des *Châteaus* statt", vermutete Julie und Samuel nickte.

„Richtig. Sie trafen sich dort, um unbeobachtet sprechen zu können. Diane behauptet zwar, es war ein spontaner Entschluss, ihren Verbündeten zu töten, aber wir gehen davon aus, dass es vorsätzlich geschah. Warum sonst hätte sie die Waffe ihres Mannes aus dem Safe nehmen und zu dem geheimen Treffen mitnehmen sollen? Sie wusste entgegen ihrer vorherigen Behauptungen den Code des Safes. Sie zwang ihn mit vorgehaltener Waffe auf die Mauer zu klettern und stieß ihn dann kräftig hinab. Sie hoffte, dass es wie ein Selbstmord aussehen würde."

Sie blieben stehen und sahen einem Hund zu, wie er aufgeregt einer Möwe hinterherjagte. Der Vogel schien sein Spielchen mit dem Hund zu treiben, ließ ihn immer wieder an sich herankommen, nur um dann plötzlich mit wildem Flügelschlag davonzufliegen.

„Eine Gefahr sah Édith in Audrey. Christophe hatte sich in die Köchin verliebt und Diane vermutete, dass es auch ihr

Einfluss gewesen sein könnte, der ihn dazu gebracht hatte, seine Pläne zu ändern. Sie wusste nicht, wie viel er Audrey erzählt hatte. Also musste auch sie aus dem Weg geräumt werden. Diane hat zugegeben, ihr abends aufgelauert zu haben und sie mit einem Kissen erstickt zu haben. Vincent, der Sohn, hatte wohl vergessen, die Wohnungstür richtig zu schließen. So ist sie problemlos in die Wohnung gelangt."

„Und warum musste Alain sterben?"

„Er rief sie an, als sie bei Margo war, und sagte es ihr. Er hat ihr alles gebeichtet und ihr gesagt, dass er sie verlassen werde. Anscheinend wollte er nicht länger ein Doppelleben führen. Das war sein Todesurteil! Daraufhin fuhr sie nachhause und tötete ihn. Margo hat bestätigt, dass Diane etwa eine Stunde weg war – angeblich um Einkäufe zu erledigen."

Sie waren an der Terrasse des Hotels angekommen, wo Julie sich öfters in den Wind setzte, einen Milchkaffee trank und aufs Meer schaute.

„Dort war ich oft mit Lisa", sagte sie schwermütig und zeigte auf die vielen Tische, die heute gut besetzt waren. Die Menschen nutzten die Sonnenstrahlen, um sich, warm eingepackt, ein Frühstück oder einen Kaffee zu gönnen.

„Es ist jetzt ein Jahr her, dass sie tot ist, aber ich vermisse sie immer noch wie am ersten Tag!"

Samuel legte einen Arm um Julie.

„Ich weiß. Sie fehlt mir auch. Aber es gibt eine gute Nachricht. Sylvain hat sich auf Lisas freie Stelle in unserem Team beworben. Wir sind jetzt seit einem Jahr unterbesetzt und so kann es nicht weitergehen."

Als er Julies kritischen Blick sah, beeilte er sich zu erläutern:

„Niemand wird jemals Lisas Platz einnehmen können. Aber ich denke, dass Sylvain die beste Wahl ist. Er hat sich großartig in die letzten Ermittlungen eingebracht und ist gut organisiert. Das kann uns beiden Chaoten nicht schaden!"

Ein Lächeln zuckte über Julies Gesicht und sie nickte zögerlich.

„Wahrscheinlich hast du Recht. Keiner kann Lisa ersetzen, aber er ist okay. Ich mag ihn."

„Damit wären wir wieder zu dritt!"

Samuel lächelte und zog Julie sanft zu den Stufen, die auf die Hotelterrasse führten.

Julie folgte ihm. Sie dachte an ihre beste Freundin Lisa, die vor einem Jahr gestorben war, an Frank, ihren Exmann, der zu ihr zurückkehren wollte, und an Yanik, ihren besten Freund, der weit weg von ihr in der Provence saß. So viel hatte sich verändert. Ihr Blick glitt über den Strand und das Meer und mit einem Male spürte sie ein Gefühl in sich, das sie schon lange nicht mehr gefühlt hatte. Hoffnung. Es würde weitergehen, auch ohne Lisa und Yanik. Mit Samuel und Sylvain an ihrer Seite und vielleicht mit Frank.

„Julie, wo bleibst du?", rief ihr Samuel zu, der schon oben war und sich nun zu ihr umdrehte.

„Ich schau mir nur mein Meer an", rief sie gegen den Wind und eilte dann Samuel hinterher.

Bisher erschienene Fälle
von Madame le Commissaire Julie Roche

Sanni Aran
Der bretonische Teufel
Commissaire Julie Roches erster Fall

Im idyllischen Küstenort Cancale wird eine ermordete Frau aufgefunden. Eine Spur führt Commissaire Julie zu einer Privatschule im bretonischen Hinterland. Welche Geheimnisse verbergen sich hinter den hohen Steinmauern der elitären Lehranstalt?

Paperback 12 x 19 cm, 176 Seiten
Taschenbuch 9,90 € (ISBN 978-3-945503-14-0)
E-Book 6,99 € (ISBN 978-3-945503-15-7)

Sanni Aran
Der bretonische Wolf
Commissaire Julie Roches zweiter Fall

Im Eurostar von London nach Paris wird ein Mann ermordet. Wenige Tage später wird eine weitere Männerleiche von der Flut an den Strand von Saint Malo gespült. Commissaire Julie Roche und ihr Team heften sich an die Fersen des Mörders, der eine blutige Spur durch das Land zieht.

Paperback 12 x 19 cm, 179 Seiten
Taschenbuch 9,90 €, (ISBN 978-3-945503-16-4)
E-Book 6,99 € (ISBN 978-3-945503-17-1)

Sanni Aran
Bretonische Kälte
Commissaire Julie Roches dritter Fall

Eiseskälte liegt über der Bretagne. Eine Frau ist auf der Flucht. Warum hat sie ihren Job Hals über Kopf hingeschmissen? Vor wem hat sie Angst? Eine Tote ohne Namen wird an der felsigen Küste angeschwemmt. Führt dieser Fall Julie Roche an ihre fachlichen und psychischen Grenzen?

Paperback 12 x 19 cm, 181 Seiten
Taschenbuch 9,90 €, (ISBN 978-3-945503-22-5)
E-Book 6,99 € ….(ISBN 978-3-945503-23-2)

Sanni Aran
Bretonisches Zerwürfnis
Commissaire Julie Roches vierter Fall

In einem bekannten Luxusrestaurant stirbt der Fischkoch unter mysteriösen Umständen.
Als Julie Roche und ihr Team im Umfeld des Toten ermitteln, finden sie gleich mehrere Verdächtige, die ein Motiv haben, den talentierten Koch loszuwerden. Gelingt es Julie, den Täter zu schnappen, bevor er wieder zuschlägt?

Paperback 12 x 19 cm, 200 Seiten
Taschenbuch 9,90 €, (ISBN 978-3-945503-30-0)
E-Book 6,99 € ….(ISBN 978-3-945503-31-7)

Im beschaulichen Provencestädtchen Bartavelle löst Capitaine de Police Yanik LeGuel spannende Fälle

Sanni Aran
Tod in Bartavelle
Capitaine de Police Yanik leGuels erster Fall

Alt, steinreich und ziemlich tot!
Aufruhr im beschaulichen Provencestädtchen Bartavelle. Ein Bauunternehmen aus der Stadt errichtet eine luxuriöse Seniorenresidenz für wohlhabende Pensionäre aus aller Welt im schönen, unberührten Hinterland. Als dort einer der Bewohner ermordet aufgefunden wird, ist das kriminalistische Gespür von *capitaine* Yanik LeGuel gefordert. Der smarte Ermittler stößt in dem mondänen Rentnerparadies auf eine Mauer aus Schweigen. Als weitere Morde passieren, muss er alles auf eine Karte setzen, um den Mörder aufzuhalten.

Paperback 12 x 19 cm, 168 Seiten
Taschenbuch 9,90 € (ISBN 978-3-945503-26-3)
E-Book 6,99 € (ISBN 978-3-945593-27-0)

Ignaz Holds Commissaire Jean-Luc Papperin von der *police judiciaire* in Aix en Provence macht den Ganoven das Leben schwer

Ignaz Hold
Mistralmorde
Commissaire Papperins erster Fall

Der Wald rund um Commissaire Papperins Heimatdorf Cabanosque brennt. Erhitzt sind auch die Gemüter, denn: Im Löschwassertank schwimmt die Leiche des örtlichen Umweltaktivisten. Wer soll jetzt den Baulöwen und den Bürgermeister in die Schranken weisen, die das idyllische Dorf in ein Wellness-Resort für die High Society verwandeln wollen?

Paperback 12 x 19 cm, 393 Seiten
Taschenbuch 9,90 € (ISBN 978-3-9815613-1-9)
E-Book 6,99 € (ISBN 978-3-9815613-0-2)

Ignaz Hold
Mordtour
Commissaire Papperins zweiter Fall

Was haben ein Massenunfall auf der Tour de France mit einem Toten und zahllosen Verletzten und das Verschwinden eines kleinen Jungen miteinander zu tun? Steckt die internationale Doping-Mafia dahinter? Oder handelt es sich um eine Marseiller Familientragödie? Commissaire Papperin aus Aix-en-Provence steht vor einem Rätsel.

Paperback 12 x 19 cm, 397 Seiten
Taschenbuch 9,90 € (ISBN 978-3-9815613-3-3)
E-Book 6,99 € (ISBN 978-3-9815613-2-6)

Ignaz Hold
Todeseiland
Commissaire Papperins dritter Fall

Im Gourmetrestaurant auf der provenzalischen Urlaubsinsel Porquerolles stinkt's. Commissaire Papperin kennt diesen Geruch nur zu gut: Das Odeur des Verbrechens hängt über dem Paradies. Der Kommissar und seine Lebensgefährtin müssen erkennen:

Sie machen Ferien auf einem Todeseiland.

Paperback 12 x 19 cm, 315 Seiten
Taschenbuch 9,90 € (ISBN 978-3-9815613-5-7)
E-Book 6,99 € (ISBN 978-3-9815613-4-0)

Ignaz Hold
Ein Hauch von Tod und Thymian
Commissaire Papperins vierter Fall

Was ist mehr wert: Ein voller Geldtransporter oder ein echter Cézanne? Für keines von beidem lohnt es sich zu sterben. Trotzdem gibt es Tote. Commissaire Papperin und sein Team müssen sich mit den verschrobenen Weltanschauungen des verarmten französischen Landadels auseinandersetzen. Gleichzeitig führen sie ihre Ermittlungen in das Milieu des Prekariats, der frustrierten, arbeits- und hoffnungslosen Welt der Kleinkriminellen in den Vororten der Arbeiterstädte des Midi.

Paperback 12 x 19 cm, 319 Seiten
Taschenbuch 9,90 € (ISBN 978-3-945503-10-2)
E-Book 6,99 € (ISBN 978-3-945503-11-9)

Ignaz Hold
Trüffel mit Schuss
Commissaire Papperins fünfter Fall

Ein Mord auf dem Wochenmarkt von Cabanosque - direkt unter den Augen von Commissaire Jean-Luc Papperin. Warum wurde der *truffier* erschossen? Droht die lokale Mafia ins Trüffelgeschäft einzusteigen? Oder haben Neid und Missgunst zwischen Trüffelbauern zu dieser brutalen Tat geführt?

Paperback 12 x 19 cm, 259 Seiten
Taschenbuch 9,90 € (ISBN 978-3-945503-18-8)
E-Book 6,99 € (ISBN 978-3-945503-19-5)

Ignaz Hold
Der Tod des Père Noël
Commissaire Papperins sechster Fall

Mord kennt keine Feiertage. Die Passanten in der weihnachtlich geschmückten Altstadt von Aix en Provence erstarren vor Entsetzen. Ein Weihnachtsmann, der stadtbekannte Père Noël, liegt tot im Schaufenster eines großen Ladengeschäfts - erschossen.

Paperback 12 x 19 cm, 389 Seiten
Taschenbuch 9,90 € (ISBN 978-3-945503-12-6)
E-Book 6,99 € (ISBN 978-3-945503-13-3)

Ignaz Hold
Kaltgepresst
Commissaire Papperins siebter Fall

Kurz nach der Verkostung der neuen Olivenöle im Lager einer Großhandelsfirma stirbt der Einkäufer einer bekannten Supermarktkette. Herzinfarkt! Commissaire Papperin hat da so seine Zweifel, und richtig: Der Mann wurde vergiftet Die Ermittlungen führen Papperin und sein Team zu idyllisch gelegenen Bauernhöfen, in landschaftlich reizvolle Olivenhaine und in das trost- und erbarmungslose Milieu des internationalen Ölgroßhandels.

Paperback 12 x 19 cm, 446 Seiten
Taschenbuch 9,90 €, (ISBN 978-3-945503-20-1)
E-Book 6,99 €, (ISBN 978-3-945503-21-8)

Ignaz Hold
Kaltes Meer
Commissaire Papperins achter Fall

Commissaire Jean-Luc Papperin erhält einen telefonischen Hilferuf von einer entfernten Verwandten aus der Bretagne. Ominöse Anrufe bedrohen sie. Nur widerwillig ändert Papperin seine Urlaubspläne und fährt zu ihr nach Saint Malo. Dort wird er Zeuge der mysteriösen Anrufe. Nur langsam kommt er hinter das Geheimnis. Eine Leiche, die von der tosenden Brandung an den Strand gespült wird, eine verhängnisvolle Bootsfahrt voller Gefahren und die technische Hilfe seines Teams in Aix führen ihn auf die Spur des Anrufers und zur Aufklärung eines grauenhaften Verbrechens.

Paperback 12 x 19 cm, 210 Seiten
Taschenbuch 9,90 €, (ISBN 978-3-945503-24-9)
E-Book 6,99 €, (ISBN 978-3-945503-25-6

Ignaz Hold
Der Fall de Montagne
Commissaire Papperins neunter Fall

Ein mysteriöser Mord sorgt für Aufregung im beschaulichen Provencedorf Cabanosque. Welche seiner Untaten brachen dem Filialleiter der örtlichen Bank bei seiner letzten Mountainbiketour das Genick? Wer hat diese schreckliche Rache an dem korrupten Banker geübt? Als im abgelegenen Kloster Saint Pierre der Mörder zur Beichte erscheint und sich ein Kletterunfall im Grand Canyon du Verdon als Mord entpuppt, sieht sich Commissaire Papperin mit seinem bisher schwierigsten Fall konfrontiert.

Paperback 12 x 19 cm, 382 Seiten
Taschenbuch 9,90 €, (ISBN 978-3-945503-28-7)
E-Book 6,99 €, (ISBN 978-3-945503-29-4

Krimi-Kurzgeschichten bei *ambiente-krimis*:

Spannende und atmosphärische Reisen durch beliebte Urlaubsregionen in Kurzgeschichten.

Gérard Mejer
Der Tod trägt Lavendel
Eine Rundreise durch die Provence in zehn Kurzkrimis.

Taschenbuch 9,90 €, (ISBN 978-3-9815613-7-1)
E-Book 6,99 € (ISBN 978-3-9815613-6-4)

Gérard Mejer
Der Tod schlürft Austern
Eine Rundreise durch die Bretagne in zehn Kurzkrimis

E-Book 6,99 € (ISBN 978-3-9815613-8-8)